新潮文庫

深川にゃんにゃん横丁

宇江佐真理著

新潮社版

9140

目次

深川にゃんにゃん横丁

ちゃん

一

深川・浄心寺《じょうしんじ》の東に山本町という町人地がある。そこは木場《きば》がすぐ目の前である。川並鳶《かわなみとび》が仕事唄《うた》をうたいながら手鉤《てかぎ》を使って丸太を操《あやつ》る姿を毎日のように目にする。いかにも深川らしい光景だ。浄心寺を背後に控えているので、お盆や彼岸の時期になるとお参りをする人々で町は賑《にぎ》わう。だが、普段は存外に静かな界隈《かいわい》だった。

山本町は海辺《うみべ》新田を間にして北と南に分かれている。海辺新田の小路は、住人達ではなく秋田安房守《あわのかみ》の下屋敷のために設けられているようなものだった。秋田安房守の下屋敷は浄心寺と山本町、それに南側の東平野町に囲まれて建っている。

下屋敷の家臣や出入りの商人も、その小路を使用している。下屋敷は、町内の住人達の往来まで禁止している訳ではないが、住人達も心得ていて、よほどのことがない限り、あまり海辺新田の小路を通らない。平野町の住人達が頻繁《ひんぱん》に行き来するのは山本町と東平野町の間についている一間足らずの狭い小路だった。人一人がようやく通れる幅なので雨の日に人とすれ違う時、お互い傘を傾《かし》げなければならなかった。

この小路はまた、猫の通り道にもなっていて、必ず一匹や二匹の猫を見掛ける。飼い猫ではなく、大抵は野良猫《のらねこ》だった。いつの頃からか住人達は、その小路をにゃんにゃん横丁と呼ぶようになった。

住人達に猫好きが多いせいもあり、野良猫はあまり人を恐れない。餌《えさ》も住人達がかわるがわる与えるので、皆、丸々と太っていた。住人達の路上の立ち話も猫の話題がもっぱらである。やれ、春に生まれたよもぎ猫の仔《こ》は五匹で、その内の一匹は尻尾《しっぽ》がきゅっと曲がっているとか、もう一匹は黒猫だから、てて親はどこそこの飼い猫だろうとか。

お蔭《かげ》でにゃんにゃん横丁で鼠《ねずみ》の被害を受けた話は滅多に聞かなかった。

にゃんにゃん横丁を抜け、仙台堀に向かった所に自身番がある。そこは山本町ではなく東平野町になる。土地の岡っ引きの岩蔵《いわぞう》は西平野町から東平野町、山本町、木場の西永《にしなが》町、三好《みよし》町、吉永《よしなが》町を縄張りにしている。その自身番は岩蔵が詰めている所でもあった。大家の徳兵衛《とくべえ》、書役《かきやく》の富蔵《とみぞう》も一緒に自身番に詰めていて、岩蔵とともに色々と町内の雑事をこなしていた。なぜか、その自身番も東平野町の自身番ではなく、にゃんにゃん横丁の自身番と呼ばれていた。その方が住人達にとってわかりやすかったのだろう。

その朝も、にゃんにゃん横丁の自身番には、のどかな川並鳶の仕事唄が聞こえていた。だが、大家の徳兵衛は、まるで何も聞こえないという表情で、ぐびりと茶を啜《すす》り、大袈裟《おおげさ》なため息をついた。徳兵衛は山本町の喜兵衛店《きへえだな》と呼ばれる裏店の管理を任されている。大家と言っても喜兵衛店は、徳兵衛の持ち物ではない。家主は蛤《はまぐり》町で呉服屋を営む増田屋《ますだや》喜兵衛という男だった。徳兵衛は大柄な男で、押し出しもいい。親身になって町内の世話を焼くので、住人達から頼りにされていた。

徳兵衛は五十五歳である。五十歳で佐賀《さが》町の干鰯《ほしか》問屋《といや》の番頭を退《の》き、これからはのんびりと暮らそうと思っていた矢先、喜兵衛店の前の大家がぽっくりと亡《な》くなった。家主は後釜《あとがま》の大家を誰にしたらよいのかと頭を悩ました。その時、書役の富蔵は、あっさりと徳兵衛の名を挙げた。富蔵と徳兵衛は同い年で、子供の頃からの友人だった。家主は、それは好都合と、さっそく徳兵衛に話を持ち掛けた。

ところが徳兵衛はいやだと、取りつく島もない態度で断った。同居している長男夫婦も勧めたが、徳兵衛は頑《がん》として首を縦に振らなかった。八歳から奉公に出て、それから四十年以上も真面目《まじめ》に働いてきた徳兵衛である。

今更、何がかなしくて、この先もあくせく働かなければならないのか。徳兵衛はそう思っていた。仕舞いには余計なことを喋《しゃべ》った富蔵を恨むような言葉も吐く始末だった。家主は仕方なく他を当たったが、大家にふさわしい人物など、そうそう見つからなかった。結局、それからひと月ほども喜兵衛店は大家がいないままの状態が続いた。

徳兵衛の前言を翻《ひるがえ》させたのは、指物師《さしものし》の女房のおふよだった。おふよも徳兵衛と富蔵の子供の頃からの友人で、喜兵衛店の店子《たなこ》でもあった。

おふよは富蔵が毎度愚痴をこぼすのが耐えられなくなり、渋る富蔵を引っ張って、徳兵衛の家に押し掛けた。徳兵衛の家は東平野町の一郭にあった。徳兵衛の父親がなけなしの金で建てた一軒家である。父親は行商を生業《なりわい》にしていた。今は両親も鬼籍に入り、家にいるのは徳兵衛の女房のおせいと長男夫婦、三人の孫達である。次男は他家に婿《むこ》入りし、その下の二人の娘も片づいていた。

おふよと富蔵が訪れた時、徳兵衛は狭い庭に出て盆栽の手入れをしていた。

「結構なご趣味でござんすねえ」

おふよは最初から嫌味たっぷりな言い方をした。おふよは町内のご意見番だった。このおふよに睨《にら》まれたら、町内に住むことはできないなどと陰口を叩《たた》く者もいる。遠慮会釈《えしやく》なく、ずばずば言うので、そう思われるようだ。

だが、おふよは見かけによらず世話焼きで涙もろい。

「これはこれはお揃《そろ》いで。だが、例の話でしたらまっぴらごめんですよ」

徳兵衛はさり気なく釘《くぎ》を刺した。

「あんたねえ、意地を張るのもたいがいにしなさいよ」

おふよはぷりぷりして縁側に腰を下ろした。

昔は深川小町ともてはやされ、細い柳腰が男達の気をそそったものである。その深川小町も遣《や》り手婆《てばば》ァに変貌《へんぼう》した、というのは、口さがない町内の住人達の言葉である。

深川小町だろうが遣り手婆ァだろうが、徳兵衛と富蔵はさして頓着していない。二人ともおふよを女として見たことはなかったからだ。同い年の三人は家が近所だったから、昔から家族ぐるみでつき合い、まるで親戚《しんせき》のようだった。

「おふよさん、申し訳ありませんねえ。この人は一度言い出したら聞かないので」

徳兵衛の女房のおせいが茶を運んで来ると、遠慮がちに口を挟《はさ》んだ。おふよはおせいに構わず徳兵衛を見据《みす》えた。

「あんたは真面目に働いてきた。それはようくわかっておりますよ。ねえ、いやな客にもお愛想して、旦那《だんな》やお内儀《かみ》さんにもへこへこして、それで四人の子供を大きくした。本当にあんたは偉かった。お店を退いて、これからのんびり暮らしたいという気持ちもわかりますよ。でもね、あんたはまだ五十だ。手前《てめ》ェから老《ふ》け込んで、埒《らち》もない盆栽をいじることはありませんよ。そんなこたァ、この先、幾らでもできる。それよりも、あんたの人柄を見込んで大家になってほしいと、誰しも思っているんだ。求められている内が華《はな》さね。あと十年も経《た》ってごらんよ。誰も声なんざ掛けるものか。人助けと思って、ここは決心を固めておくれよ」

おふよは弁が立つ女である。口だけでなく、よく働く。今でも、夜は一膳《いちぜん》めし屋の手伝いに通っている。亭主の稼ぎだけでは心許《こころもと》ないし、自分の自由になる金も持っていたいからだ。立て板に水のごとくまくし立てたおふよだったが、それに怯《ひる》む徳兵衛ではなかった。

「せっかくだが、わしに大家の任は重過ぎる。悪いが他を当たってくれ」

徳兵衛はにべもなく応《こた》えた。

「あっそう。他を当たれってね？　あたし等《ら》、さんざん探し回ったけど、大家をやってくれそうな人は見つからなかったんですよ。そいじゃ、徳さん。あんた、昔の顔で誰か探してきて下さいよ。あんたのお墨付きの人なら皆んな納得するから。頼みましたよ。ささ、富さん、帰ろ？　これで用事は済んだ」

おふよはそそくさと腰を上げた。徳兵衛は慌《あわ》てておふよを制した。

「ま、待ってくれ。そんなことを押しつけられても困るよ」

「あんたね、他人事《ひとごと》みたいに言うんじゃないよ。手前ェに関係なきゃ、どうでもいいってことかえ。そいじゃ言わせて貰《もら》うけどさ、昔、あんたのお父っつぁんが遠くへ行商に出ていた時、あんたのおっ母さんが病《やまい》に倒れたことを覚えているだろ？　看病したのはうちのおっ母さんだよ。その時、あんたが藪入《やぶい》りで帰って来て、可哀想《かわいそう》だからって、ご馳走《ちそう》を拵《こしら》えて食べさせたのも、うちのおっ母さんだ」

おふよは言葉に力を込めた。顔に怒りが漲《みなぎ》っていた。

「わかっているよ。あの時はありがたかった」

徳兵衛は仕方なく応えた。

「うちのおっ母さん、そのことで一度でも恩に着せたことがあったかえ。あの時の掛かりだって相当なものなのに、あんたの家は菓子折一つ持って来なかった。まあね、済んだことはいいのよ。困っている時はお互い様だからさ。だから、この度も、あんたにひと肌脱いで貰いたいと思っているんだよ。あんたが意地を張るから言いたくないことも言うのさ」

「おふよはどうでもわしに大家を押しつけたいらしい」

徳兵衛は鼻白んだ表情で言った。

「ああそうさ。あんた以外に誰がいる。あたしが頭を下げて頼んでいるんだ。ここは気持ちよく引き受けて貰わなきゃ、浮世の義理は立たないよ」

おふよは頭なんて下げていない。脅《おど》しているだけだと富蔵は内心で思ったが、それは口にしなかった。しばらく居心地の悪い沈黙が続いた。

「駄目なのかえ。どうでも断るのかえ。それなら、今後、あんたと一切、つき合いはしないからね。道で顔が合っても、あたしゃ、口なんて利《き》かないからね」

おふよは決めの捨て台詞《ぜりふ》を吐いた。

「わかったよ。やればいいんだろ？　やれば」

徳兵衛は根負けしてやけのように声を張り上げた。

「そうこなくっちゃ」

途端、おふよはにこりと笑った。富蔵は感心したように頭を振った。

まんまとおふよの術中に嵌《はま》って、早や五年。

徳兵衛は今や喜兵衛店の大家として、また町内の世話役として、なくてはならない存在だった。引き受けたからには、おざなりなことはできない。真面目な徳兵衛はそう思って、日々、精進してきた。

しかし、その朝の徳兵衛は重い気持ちを抱えていた。喜兵衛店から咎人《とがにん》が出てしまったのだ。

咎人は泰蔵《たいぞう》という二十五の若者だった。

泰蔵は三好町の材木問屋「相模屋《さがみや》」の手代だった。住み込みではなく、通いだった。泰蔵は三年前に口入《くちい》れ屋（周旋業）から紹介されて相模屋に入った。以前は浅草で奉公していたらしいが、詳しいことは徳兵衛も知らされていなかった。無口な男だが、勤め帰りに顔が合えば、挨拶《あいさつ》はちゃんとする。ただ、笑顔が少ないのは徳兵衛も気になっていた。

「泰蔵はかどわかしになるんでしょうかねえ。かどわかしは重罪だ。だが、果たしてあれがかどわかしになるのかどうか……」

富蔵は腑《ふ》に落ちない表情だった。富蔵は徳兵衛とは反対に小柄で痩《や》せた男である。性格もおとなしい。書役をしているので、うまい字を書く。それにかこつけ、町内の人々は祝儀《しゅうぎ》袋に名前を書く時など富蔵に頼む。また、町奉行所の触《ふ》れが出ると、読みやすいように振り仮名をつけて貼《は》り出すのも富蔵の役目だった。元は質屋に奉公していたので、人当たりも柔らかい。

「それよりも、泰蔵に子供がいたことが、わたしには驚きだよ。幾つの時の子になるのかねえ」

徳兵衛は興味深い顔で富蔵に訊《き》いた。

「十八の時の子供だそうだよ」

「ほう。すると、娘は八つになるのか。八つの娘のてて親が二十五とは畏《おそ》れ入る」

徳兵衛は指折り数えて言った。

富蔵も相槌《あいづち》を打つように応えた。

「そうだねえ。ちょいと若いやね」

泰蔵は女房と離縁してから深川にやって来た。どうも女房は男ができて、そちらに乗り換えたらしい。当時の泰蔵の給金だけでは暮らしが成り立たなかった。女房は暮らしの不足を補うために居酒屋勤めをするようになり、その居酒屋の客といい仲になったようだ。女房は娘を連れて相手の男の許に走った。本所の青物問屋の番頭で、泰蔵より十《とお》も年上だった。その番頭の給金は当時の泰蔵より、はるかに上だった。

娘を育てるためだと理屈をつけられたら、泰蔵の両親は何も言えなかった。泰蔵の両親は孫娘を可愛《かわい》がっていた。女房が夜の仕事に出ている間も喜んで預かっていたらしい。両親は泰蔵が女房と別れたことより、孫娘と会えなくなることを気に病み、二人とも具合を悪くしてしまったという。幸い、近くに泰蔵の姉が住んでいるので、両親の面倒は姉に任せ、自分は女房と娘を忘れるために、浅草から離れた深川でこれから暮らして行こうと決心したらしい。だが、親子の縁とは不思議なもので、別れた女房と娘は最近になって深川に引っ越して来た。浅草の裏店が店立《たなだ》て（立ち退き）を喰らい、新たに住まいを見つけなければならなくなったのだ。どうせなら男の勤め先の近くに住もうということになったらしい。ところが本所では適当な住まいが見つからず、深川の海辺《うみべ》大工町《だいくまち》の裏店に落ち着いたようだ。

海辺大工町は深川の内だが、高橋《たかばし》を渡れば本所に近い。もちろん、女房も相手の男も泰蔵が深川にいることは知らなかった。知っていたなら深川は避けただろう。泰蔵も別れた女房と娘が、まさか深川にいるとは夢にも思っていなかった。

だが、ある日、海辺大工町を通り掛かった泰蔵は空き地で遊んでいた娘に気づいた。娘も泰蔵の顔を覚えていて、「ちゃん！」と懐《なつ》かしそうに縋《すが》りついてきた。泰蔵は木戸番小屋の店に連れて行き、駄菓子やおもちゃを買ってやった。その上、晦日《みそか》に給金を貰ったら、着物でも簪《かんざし》でも買ってやると約束した。

泰蔵は晦日を心待ちにし、その日は用事があるからと断って八つ半（午後三時頃）に店を出た。

それから約束した場所で娘を待った。娘は嬉《うれ》しそうにやって来た。その時、娘は母親に黙って出て来たらしい。

佐賀町の呉服屋と小間物屋に行き、泰蔵は娘の好みのものを買い与えた。その後で蕎麦《そば》屋に入った。娘に蕎麦を食べさせ、自分は酒を飲んだ。こまっしゃくれた口を利くようになった娘が泰蔵は可愛くて仕方がなかった。

蕎麦屋を出ても別れ難く、どこか行きたい所はないかと、泰蔵は娘に訊いた。すると娘は本所の回向院《えこういん》広場の見世物小屋に行きたいと言った。

そうかそうかと、泰蔵は娘の手を引き、嬉々《きき》として回向院広場へ向かった。娘の喜ぶ顔を見ている内、泰蔵は時間を忘れた。気がつくと、外はとっぷり暮れていた。

その頃、元の女房は娘がいなくなったと自身番に訴えていた。すわ、かどわかしかと、海辺大工町の岡っ引きと子分が娘の行方を捜した。そんな時に泰蔵が娘の手を引いて戻って来たからたまらない。泰蔵はたちまち岡っ引きに捕まった。かどわかしではない、実の娘なんだと泰蔵は必死で訴えたが信用されず、可哀想に川向こうの大番《おおばん》屋《や》へ送られてしまった。

「しかし、元の女房に事情を聞いたら、すぐに疑いは晴れたはずだ。どうしてまた、大番屋送りにされてしまったものか」

徳兵衛は首を傾げた。海辺大工町の岡っ引きはどんな取り調べをしたものかと不思議に思った。

「それが……」

富蔵はやり切れない表情で徳兵衛を見た。

「元の女房は泰蔵と別れる時、これからは娘に会ってくれるなと釘を刺したらしい。新しい亭主に遠慮して言ったんだろう。海辺大工町の岡っ引きが泰蔵のことを聞いても、知らない男だと応えたそうだ。娘も母親から何も喋っちゃならないと口止めされたようで、てて親であるとは言わなかったらしい」

「ひどい話だ。そいじゃ、泰蔵はこれからどうなるか知れたもんじゃない。どうにかならないのかねえ」

徳兵衛はいらいらした。岡っ引きの岩蔵は何んとか元の女房を説得して泰蔵の嫌疑を晴らしてやりたいと、朝に出かけたきり、まだ戻っていなかった。泰蔵が大番屋に長く留め置かれたら、相模屋の奉公にも支障が出る。相模屋の主《あるじ》とお内儀は泰蔵を可愛がっているが、罪に問われるとなったら、事情は変わるだろう。

茶の葉を取り替え、新しい茶を淹《い》れたところで、おふよが血相を変えて現れた。

「ちょいと、親分はいるかえ」

「おや、どうしたね」

徳兵衛は座敷におふよを招《しょう》じ入れながら訊いた。

「馬鹿《ばか》に呑気《のんき》なもの言いをする。どうしたもこうしたもあるものか。泰ちゃんがどうなるのかと案じられて、ろくに夜も寝られやしないのさ」

「ああ、そのことかい。今も富蔵と話していたんだが、どうも泰蔵の風向きは悪いのだよ。元の女房は娘の実のてて親が泰蔵だってことを言わないらしい」

「冗談じゃない。このままだと、泰ちゃんは小伝馬町《こでんまちょう》の牢屋《ろうや》送りだ。悪くしたら縛《しば》り首になるかも知れないんだよ」

おふよは口から泡を飛ばす勢いで喋った。

合間に徳兵衛が自分のために淹れた茶をぐびりと飲んだ。湯が熱かったので、おふよはアチチと呻《うめ》いた。徳兵衛は大丈夫かいと、おふよを気づかってから「だから親分は説得に行ったんだよ。だが、まだ戻って来ない。手間取っているようだ」と言った。

「その女房は薄情な女だ。仮にも一度は惚《ほ》れ合って子供まで作った亭主じゃないか。

別れた途端、掌《てのひら》を返したように邪険にする。これはあれかえ？　泰ちゃんが裁きを受けるのを望んでいるんじゃないのかえ」

「さあ……」

徳兵衛と富蔵は首を傾げた。元の女房の考えていることは、二人にはわからない。

「女房と娘が喋らなくても、泰ちゃんの親がいるじゃないか。そっちに問い合わせたら、すぐわかるだろうに」

「なるほど。さすがおふよだ。そこまで頭が回らなかったよ」

徳兵衛は目が覚めたような気持ちで応えた。

「しっかりしておくれよ。惚《ぼ》けるのはまだ早い」

「だけど、泰蔵の親は二人とも具合を悪くして臥《ふ》せっているということだ。話が訊けるかどうか」

富蔵は自信なさそうに口を挟んだ。

「ふた親の面倒は誰が見ているのさ」

おふよは相変わらず怒ったような口調で訊いた。

「泰蔵の姉が面倒を見ているらしい」

「そいじゃ、話は簡単だ。その姉さんに身の証《あかし》を立てて貰おう。だが、待っているといらいらする。あたしゃ、これから海辺大工町に寄って、そこで埒が明かなきゃ、浅草の泰ちゃんの実家に行って、姉さんを呼び出してくるよ」

おふよは腰を浮かした。

「おふよ。元の女房の家は知っているのかい」

徳兵衛は心配そうに訊く。

「海辺大工町の親分の家に、うちの人が昔、長火鉢を拵えてやっているのさ。まんざら知らない仲でもない。自身番で訊けば、女房の居所《いどこ》は知れるだろう。浅草の泰ちゃんの実家は前に泰ちゃんから教えて貰ったよ」

「おふよ。わしも行く」

徳兵衛はすぐに言った。

「おれも一緒に行く」

富蔵も早口で言った。

「あんたは留守番！」

おふよと徳兵衛の声が重なった。

二

海辺大工町の自身番に行くと、中で土地の岡っ引きの伊助《いすけ》と岩蔵が顔をつき合わせて話をしていた。

「おや、大家さん。それにおふよさんまで」

岩蔵は驚いた顔で二人を見た。岩蔵は二人より十も年下である。伊助はさらに若い三十代の男だった。岡っ引きだろうが、何んだろうが、おふよにとってはどちらも若い者だ。

「親分。泰ちゃんのことはどうなったえ？」

おふよは二人をじろりと睨んで訊いた。

「ああ、そのことかい。心配になってここまでやって来たのかい」

岩蔵はようやく納得した様子で応えた。

「当たり前じゃないか。泰ちゃんはあたしと同じ喜兵衛店の店子だ。普段からお菜《さい》を届けたり、味噌《みそ》や醤油《しょうゆ》を借りたり貸したりしているんだ。泰ちゃんがどんな男か、こちとら、いやというほど知っているよ。かどわかしなんぞできる男じゃない」

「だけど、おかみさん。娘の母親は泰蔵なんて知らないと言っているんだぜ」

伊助は舌打ちして応えた。

「それは嘘《うそ》をついているのさ。岡っ引きのくせにそんなこともわからないのかえ。まだまだ修業が足らないよ」

おふよの嫌味に伊助は「何を！」と気色ばんだ。

「まあまあ」と、徳兵衛は伊助をいなした。

「嘘か嘘でないか、ここではっきりさせようじゃないか。浅草には泰ちゃんの親と姉さんが住んでいる。親は具合を悪くしているが、姉さんから話は訊ける。元の女房と面通しさせたら、すぐにわかるというものだ。え？　そうじゃないのかえ」

おふよは有無を言わさぬ態《てい》で、二人の岡っ引きに詰め寄った。

「なるほど。それなら白黒はつくはずだ」

岩蔵は感心したように言った。

「その前に、ちょいと元の女房と話をさせておくれな。がつんと言ってやることがある」

おふよは奥歯を嚙《か》み締めた。

「おふよ。乱暴はいけないよ」

徳兵衛はそっと制した。

「そうだねえ。腹を立てて手が出るかも知れないから、徳さん、その時は止めておくれな」

おふよは悪戯《いたずら》っぽく笑った。

「あんた等に任せるよ。あとは好きにしてくれ」

伊助は投げやりに言った。

「あんたの親父《おやじ》さんが十手持ちだった頃は、もっと親身に縄張り内のことを考えていたよ。好きにしてくれとは何んて言い種《ぐさ》だ。こんな岡っ引きがまかり通るようじゃ、世も末だよ」

おふよの言葉に伊助は拳《こぶし》を握り締めた。

「女の言うことだ。まともに取ることはねェ」

岩蔵は慌てて伊助を宥《なだ》めた。

「山本町の縄張りにゃ、こんな恐ろしい婆《ばば》ァがいるのけェ。よかったよ、おれは海辺大工町が縄張りで」

伊助は吐き捨てるように言った。

「婆ァで悪うござんすね。お言葉だが、誰も好きで婆ァになった訳じゃない。お前さんだって、あと二十年もしたら立派に爺《じじ》ィさ。年寄りを馬鹿にするもんじゃないよ。すぐに手前ェの身に返ってくるのさ。あたしの言葉をよおく覚えておきな」

おふよは怯むことなく言い放った。徳兵衛は胸のすくような気持ちになった。ほんの少しだけ、おふよがいい女に見えた。

泰蔵の元の女房の家に行くと、女房は煩《わずら》わしい顔で「またいらしたんですか。もうお話しすることはありませんよ。あたし、忙しいんですから」と言った。狐《きつね》のような顔の女だった。泰蔵は何がよくてこの女を女房にしたのかと徳兵衛は訝《いぶか》った。

「はい、ごめんなさいよ。あたしは泰ちゃんと同じ裏店に住むふよってもんです。泰ちゃんは無実の罪で大番屋の牢屋に入っているんですよ。元の亭主を助けると思って、ここは口添えしていただきたくってね」

おふよはさっきとは違い、柔らかい口調で切り出した。

「何を言っているのか、さっぱりあたしにはわかりませんよ。あの男は見たことも聞いたこともない赤の他人ですよ。うちの大事な娘をかどわかした罪人だ。お裁きを受けるのは当然じゃないですか」

女はしゃらりと言ってのけた。

「親分。こちらさんの名前は？」

およよは後ろの岩蔵を振り返った。

「あ、ああ。およねさんだ」

「およねさん？　実の名前かえ」

そう訊くと、およねの顔に朱《しゅ》が差した。

「あんた、何が言いたいのさ。あたしが嘘の名前を言っているとでも思っているのかえ」

「ああ、そうさ。あんたはすこぶるつきの嘘つきだから、最初に確かめたんだよ」

およよは薄笑いを浮かべて応えた。

「あたしがどうして嘘つきになるのさ。変なことは言わないどくれ」

「あんたは泰ちゃんと一緒だったことを隠したい様子だが、そうは問屋が卸さないよ。浅草に泰ちゃんの親と姉がいる。あんたの娘と泰ちゃんの血が繋《つな》がっているかどうかは、すぐに知れるというものだ。そうさせて貰《もら》おうじゃないか」

およよの言葉に、途端におよねは慌て出した。

「何もそこまでしなくても……」

「おや、勢いがなくなったじゃないか。ははん、図星だね」

「……」

「確かに泰ちゃんが黙って娘を連れ出したのは悪いよ。だけど、泰ちゃんがしょっ引《び》かれた時、いや、実はこれこれこうですと言えば済んだことじゃないのかえ。別れた亭主の顔を見たくないというあんたの気持ちもわかるけど、大番屋送りになるのを黙って見ているなんざ、ちょいとひどい。あんたと泰ちゃんは他人になったけれど、娘との血の繋がりは消えないんだよ。もう少し鷹揚《おうよう》に考えてやっても罰《ばち》は当たらないと思うけどね」

「うちの人、あの人のことを口にすると不機嫌になるんですよ。あの人がいなくなれば、うちは丸く収まるんです」

「それで邪魔な泰ちゃんを見殺しにしようという魂胆かえ」

「あんたには関係ないじゃない。何よ、人の家のことに首を突っ込んで」

およねは眼を吊《つ》り上げて怒鳴った。

「親分。お取り調べに嘘を言うと罪に問われますよね」

おふよは涼しい顔で岩蔵に訊く。

「あ、ああ」

「それから、この人は泰ちゃんと所帯を持っていた頃、勤めていた居酒屋に来た客とよくなった。その客が今のご亭主だそうだね。つまり、間男《まおとこ》したってことだ。泰ちゃんは今のご亭主から首代《くびだい》（慰謝料）を取る権利があったはずだ。首代って、幾らだっけ、親分」

おふよは、また岩蔵を振り返った。

「そのう、七両と二分だが……」

「へえ。泰ちゃんは、その七両二分を受け取ったのかえ」

「冗談言わないで。うちの人が、そんな大金、払える訳ないじゃないですか」

およねは呆《あき》れたように言った。

「そいじゃ、泰ちゃんは、只《ただ》で女房を寝取られ、挙句の果てに実の娘なのに、かどわかしの罪でしょっ引かれたってことかえ。こんな気の毒な話はないよ。それを平気で見ているあんたの気が知れない」

おふよはぎらりとおよねを睨んだ。およねは言い返すことができず、唇を嚙んだ。

「およねさん、どうだろう。ちょいと八丁堀の旦那《だんな》に口添えしてくれねェかな。このままじゃ、埒が明かねェからよ」

岩蔵は恐る恐る口を挟んだ。

「親分がそこまでおっしゃるなら、言う通りにしますけどね」

およねは仕方なく応えた。おふよはその言い種が気に入らず、また何か言おうとしたが、徳兵衛はおふよの袖《そで》をぐっと引いて制した。

ここでおよねを怒らせては、また話がこじれる。

「そ、そうけェ。これで泰蔵も解き放ちになる。恩に着るよう」

岩蔵は安心したように笑顔になったが、おふよはやり切れないようなため息をついた。

「おふよさん。心配掛けたが、これでどうやら丸く収まったぜ。ありがとよ」

岩蔵は不満そうな顔をしたおふよに続けた。

おふよは仕方なくこくりと肯《うなず》いた。

「おっ母さん……」

家の中にいた娘が心細い表情で出て来た。

「お前は中に引っ込んでいな」

およねは声を荒らげた。

「あたいも一緒に行きたい。だって、ちゃんはあたいのためにしょっ引かれたのだもの」

娘は涙ぐんで言う。目許《めもと》が泰蔵に似ていた。

たよりないほど細い身体《からだ》をしている。髪の量が多いので、やけに頭が大きく見えた。

「お嬢ちゃん。お名前は？」

おふよは打って変わり、猫撫《ねこな》で声で訊く。

「るりです」

「そう、おるりちゃんなの。いい名前だこと」

おふよは眼を細めた。おふよは子供好きでもある。

「ちゃんが付けてくれました」

おるりは薄く笑った。

「そうかえ。八つだそうだね。そんなに大きいのに、まだ、ちゃんと呼ぶのかえ？」

「小母さん。うちにはお父っつぁんがおります。お父っつぁんが二人だと、あたい、こんがらがってしまうの。だから、ちゃんはちゃんのままなの」

おるりがそう応えると、おふよは喉《のど》を詰まらせた。おるりのいじらしさに、ぐっときたらしい。

徳兵衛は懐《ふところ》から手《て》拭《ぬぐ》いを出しておふよに渡した。おふよはそれで眼を拭い、ついでに、ちんと洟《はな》をかんだ。一瞬、徳兵衛は顔をしかめたが、他の者は誰も頓着《とんちゃく》していなかった。

およねとおるりが岩蔵に付き添われて川向こうの大番屋に去って行くと、徳兵衛も山本町へおふよを促《うなが》した。

「これからあの娘《こ》と泰ちゃんはどうなるんだろうねえ」

歩く道々、おふよは独り言のように呟《つぶや》いた。

「さあねえ」

「子供は親を選べないっていうけどさ、あたしゃ、あの娘が不憫《ふびん》でたまらないよ」

「そうだねえ。おるりちゃんは心底、泰蔵が好きなんだよ。それはようくわかったよ」

徳兵衛も吐息混じりに応えた。

「泰ちゃん、早く別な人と所帯を構えてさ、子供を拵えりゃいいのに。このままだと、いつまでも娘のことが頭から離れないよ」

「わしもそう思うが、こればかりは他人が四《し》の五《ご》の言っても始まらないだろう。縁《えん》のものだからね。泰蔵のふた親が病に倒れているなら新しい嫁のきても難しいだろうし」

「泰ちゃんの親はおるりちゃんの顔を見ることが一番の薬なのに、あのおよねって女は何もわかっていない。およねの親はどんな育て方をしたものやら」

おふよはいまいましそうだ。

「まあ、とり敢《あ》えず、泰蔵は大番屋から出られるんだ。今はこれでいいことにしようよ」

「わかった。あたし、うちへ帰って泰ちゃんの喜びそうなお菜を拵えよう」

「そうしておくれかい？　あいつも喜ぶよ。おふよは見掛けによらず優しいねえ」

「見掛けによらずは余計だよ」

おふよは、徳兵衛の脇腹《わきばら》をどんと突いた。

おふよの力が強かったので、結構、痛かった。

三

泰蔵は解き放ちになると、自身番にやって来て、迷惑を掛けたと徳兵衛達に頭を下げた。

相模屋の主とお内儀も事情がわかっていたので快く泰蔵を迎え入れたという。まずは一件落着だった。

にゃんにゃん横丁の猫達は風が冷たくなると歩く様子も元気がないように見えた。

夏の間、仔猫を五匹も連れて自身番に餌を貰いに来ていた黒と白のまだら猫は、今は一匹でやって来る。どうやら子離れしたらしい。他の仔猫達はどうしたのかと徳兵衛は案じられてならなかった。

親猫は乳を飲んでいる内、そりゃあ親身に仔猫を可愛がるが、もはやこれまでと思ったら、牙《きば》を剝《む》いて仔猫を追い払う。これからは自分で餌を工面しろと情け容赦がない。猫の世界の親子関係は厳しい。人間だけがいつまで経っても子を案じる生きもののようだ。

「この間、亀久橋《かめひさばし》の袂《たもと》で、まだらの仔猫らしいのを見たよ」

徳兵衛がまだら猫に煮干しを与えて自身番の中に戻ると富蔵が言った。亀久橋は仙台堀に架かっている橋だった。

「どの仔猫だい？」

「真っ白い奴《やつ》だ」

まだら猫の産んだ仔猫の内、真っ白なのが一匹混じっていた。一番可愛らしい猫で、徳兵衛はよほど家で飼おうかと思ったものだ。

だが、女房のおせいは、これ以上、口のついたものはたくさんだと承知しなかった。おせいは、あまり猫好きではない。それで仕方なく徳兵衛も諦《あきら》めたのだ。

「元気でいたかい？」

徳兵衛は嬉しそうに訊いた。

「いやそれが、何か悪い病でもうつされたらしく、すっかり眼が潰《つぶ》れていたよ」

「……」

「真っ白なのは弱いんだねえ。徳さん、飼わなくてよかったよう」

富蔵の言葉は何んの慰めにもならなかった。

もしも手許で育てていたら、決して病なんかにはさせなかったと徳兵衛は思う。岩蔵は岡っ引きだが、猫の病を治すことに長《た》けていた。これまでも何度か死にかけた猫の命を救っている。ちょいと亀久橋を覗《のぞ》いて、もしも白猫がいたら、連れ帰って岩蔵に診て貰おうという気になった。腰を上げた時、自身番の外から、か細い声が聞こえた。

「ごめん下さい。お頼みします」

「はいよ」

徳兵衛が油障子を開けると、そこにはおるりが立っていた。

「おるりちゃんじゃないか。どうしたね」

徳兵衛は中に招じ入れようとしたが、おるりは、ここでいいと断った。

「大家さん。ちゃんが働いているお店を教えて下さい」

おるりは切羽詰まったような顔で言った。

「いいけど、泰蔵はまだ仕事中だと思うよ」

「わかっています。でも、あたいの家、引っ越しをすることになったんです。それで、ちゃんにお別れを言いたくて、おっ母さんに許しを貰って来たんです」

およねと亭主は泰蔵の近くに住むのはまずいと考えてそうするようだ。

「で、今度はどこに住むんだい？」

「本所の石原《いしわら》町です。でも、あたいは暮から日本橋の廻船問屋に奉公に上がるんです。だから、もうちゃんと会うことはないと思います」

「奉公に上がるのはおよねさんが勧めたのかい」

「いいえ。あたいが決めたんです。あたいがちゃんに会いたがれば、おっ母さんもお父っつぁんも悲しむから。だから、ちゃんから離れた場所で暮らすのがいいと思って」

徳兵衛は何も言えなかった。富蔵はついてってやれと言うように顎《あご》をしゃくった。

「そいじゃ、行こうかね。うまくお店にいればいいが、掛け取りに出ていることもあるから」

「その時は手紙を置いてきます」

おるりは胸の辺りを掌で押さえた。

相模屋に泰蔵のことを訊くと、運のいいことに泰蔵は材木置き場で品物の数を調べているという。さっそく店の裏手にある材木置き場へ向かうと、材木を見ながら帳面に書き付けをしている泰蔵がいた。

「ちゃん！」

おるりは甲高い声を上げ、小走りに近づいた。泰蔵は驚いた様子でおるりを見、その後ろに控えていた徳兵衛にこくりと頭を下げた。

「どうしたい」

泰蔵は帳面を傍《かたわ》らの積み上げた材木の上に置くとおるりを抱き寄せた。その仕種が自然で、徳兵衛は妙に感心した。徳兵衛自身は、赤ん坊の頃はともかく、八つにもなった娘を抱き寄せたことなどなかったからだ。

「あたい、日本橋の廻船問屋に奉公に上がるの。お父っつぁんとおっ母さんは本所の石原町に引っ越すのよ。それでねえ、今日は、ちゃんにお別れを言いに来たのよ」

おるりは泰蔵を見上げ、ひと息で喋った。

「奉公って、女中なのか？」

「うん」

「大丈夫か、お前ェ」

「大丈夫よ。旦那さんやお内儀さんはいい人だし、古くからいる女中さんも、わからないことがあったら何んでもお訊きと、優しく言ってくれたから」

「だけど、奉公は辛《つら》いこともあるんだぜ」

「仕事は何んでも大変よ。心配しないで。あたい、がんばるから」

「そうけェ……」

「それでね、大人になって、まだちゃんが独りでいたら、あたいと一緒に暮らそ？あたい、ちゃんの面倒を見るから」

「おいらはお前ェの世話になんざならねェよ」

「強がり言って。ちゃんは、今は若いけど、その内に年寄りになるのよ。だから、あたいに任せて」

けなげなおるりの言葉に泰蔵は苦笑して鼻を鳴らした。

「だけど、当分、ちゃんとは会えない。ちゃん、あたいのことは忘れないでね。あたいも決してちゃんのことは忘れないから」

「忘れるもんけェ」

そう応えた泰蔵の声がくぐもった。

「これ、お手紙。後で読んで」

おるりは懐から小さく畳んだ紙片を取り出して泰蔵に渡した。

「ちゃんから買って貰った着物と簪は大事にするよ。あまりお酒を飲まないでね」

「うるせェな、いちいち」

「くどく言わなきゃ、すぐに羽目を外すじゃない」

「おるり」

泰蔵はたまらず、おるりをぎゅっと抱き締めた。それを見ていた徳兵衛は思わずもらい泣きした。

「ちゃん、元気でね。これで当分、さよならよ」

おるりの言葉に泰蔵は何も応えられない。

黙って咽《むせ》び泣くばかりだった。

「さ、ぐずぐずしているとおっ母さんがいらない心配をする。あたい、これで帰るよ」

おるりは存外、さばさばした様子で泰蔵の手を優しく振り払った。

「どうしても辛抱できねェ時は、遠慮はいらねェ。すぐにおいらの所へきな」

泰蔵は洟を啜ってようやく言った。

「ありがと。でも、そんなことはないと思うよ」

おるりは泰蔵を安心させるように笑った。

何度か振り返って手を振ると、おるりは徳兵衛と一緒に相模屋を後にした。

三好町を抜け、山本町の通りに出た時、不意におるりは口許を掌で覆《おお》って泣き出した。

「泰蔵の前では泣くのを我慢していたんだね。どうしてだい。別れを言いに行ったんだから泣いたってよかったのに」

徳兵衛は手拭いを出しながら言った。ううんとおるりは首を振った。

「あたいが泣いたら、ちゃんはどうしていいかわからなくなるの。だから泣くのを我慢したのよ。大人になったらちゃんと一緒に暮らそうと言ったのも嘘。そんなことできる訳がないでしょう？」

「……………」

「ちゃんはその内に新しいおかみさんを貰う。あたいがいては邪魔になるのはわかっているのよ」

おるりは俯《うつむ》いて言う。おるりはおるりなりに泰蔵の事情を慮《おもんぱか》っていた。

「おるりちゃんは大人みたいだね」

徳兵衛は感心して言った。

「そう？　親をいつまでも当てにできないと思っているだけよ。本当はおっ母さんと夫婦別れしたことで、ちゃんを恨んでいるの。どうしておっ母さんをしっかり摑《つか》まえててくれなかったのかと。今さら仕方がないことだから、あたいは何も言わないだけ。でも、小父《おじ》さんのお蔭でちゃんに会えた。あたいの気も済んだよ。小父さん、ありがと」

おるりはぺこりと頭を下げた。

「礼はいいよ。だが、女中奉公が辛かったら泰蔵に縋《すが》っていいんだよ。おるりちゃんは泰蔵の娘なんだから」

「小父さん。その時はおっ母さんとお父っつぁんに縋るよ。二人を差し置いてちゃんに縋る訳には行かないよ」

「あ、ああ。そうだねえ」

徳兵衛は馬鹿なことを言った自分を恥じた。

海辺大工町まで徳兵衛はおるりを送った。

裏店の門口《かどぐち》の前でおるりは屈託のない表情で徳兵衛に手を振った。何んだか切なかった。

これから恙《つつが》なく奉公を続けられることを徳兵衛は祈るしかなかった。

四

「そうかえ……」

昼間のでき事を話すと、おふよは深いため息をついた。そこはにゃんにゃん横丁の外れにある「こだるま」という一膳めし屋で、おふよが夜だけ手伝っている店だった。こだるまは年寄りの主が商っている。日中は主の娘と孫娘が交代で手伝いに来ているが、暮六つ（午後六時頃）前に二人は帰る。おふよは亭主に飯を食べさせた後でこだるまに行き、洗い物や掃除を引き受けていた。合間に客へ酌《しゃく》をすることもある。おふよの亭主の粂次郎《くめじろう》はそれが少しおもしろくないらしい。

「おや、やきもちかえ。こんな婆ァにやきもちを焼いてくれるなんざ、おかたじけ。やめろと言うなら、いつでもやめてやるよ。だが、この節、お前さんの仕事もさっぱりだ。黙っていたらこの長屋の店賃も払えなくなるのだよ。その時、お前さん、何ん

「とかできるのかえ」

　おふよはそう言って渋る亭主を納得させていた。おふよの亭主はいらない心配をしていると徳兵衛は思う。おふよは、およねのように客と間違いを犯す女ではない。もっとも、こだるまの客でおふよに乙な気分になる者もいないだろう。それを言うと、おふよは「馬鹿におしでないよ。あたしゃ、まだまだ色気はあるよ」と虚勢を張るが。

夜のこだるまは訪れる客も少ないので、五つ半（午後九時頃）には暖簾《のれん》を下ろしてしまう。中食《ちゅうじき》の客でもっているような店である。

その夜も客は徳兵衛と富蔵だけだった。

徳兵衛と富蔵は三日に一度ほど、自身番の始末をつけると、こだるまで一杯飲むのを楽しみにしていた。おふよを交えて遠慮のない会話ができるからだ。

主は突き出しを出すと、さっさと内所（経営者の居室）に引っ込んだ。客が徳兵衛と富蔵では、おふよに任せておけばよいということらしい。徳兵衛と富蔵は醤油樽《だる》の腰掛けに並んで座り、おふよは飯台を挟んだ板場の中で酌をしたり、台布巾《だいぶきん》でそこら辺を拭いたりしながら話に加わる。

その夜の話題は自然、泰蔵とおるりのことになった。

「どうりで、泰ちゃん、帰ってから元気がなかったよ」

おふよは得心した顔で言う。

「全くなあ。泰蔵も気の毒な男よ」

富蔵もやり切れない表情で猪口《ちょこ》の酒を啜った。

「年は若くても親なんだねえ」

徳兵衛はしみじみと言う。おるりを抱き締めて咽んだ泰蔵の顔が忘れられなかった。

「早く新しいかみさんを貰えばいいのによ」

富蔵は独り言のように呟く。

それはそうだが、泰蔵の様子では、そんなことは当分ありそうにないと徳兵衛は思う。他人が気を揉《も》んでも、なるようにしかならない。

「ところで、親分が白い猫を抱えて家に帰って行くのを見たよ」

おふよは突然思い出すように言った。

「え、本当かい？　実は、わしもあの猫のことは気になっていたんだよ」

徳兵衛はぐっと身を乗り出した。おふよは徳兵衛の猪口に酌をすると「安心しただろ？」と、笑った。眼を患《わずら》っているらしい白猫に岩蔵もようやく気づいたらしい。

「ああ。猫のことは親分に任せるのが一番だ」

徳兵衛はほっとして、おふよに笑顔を返した。

「そんなこと言って、悪いよ、徳さん。それを言うなら町内のことは、だろう？　親分は猫医者じゃなくて岡っ引きなんだから」

　おふよはさり気なく徳兵衛を窘《たしな》めた。

「おや。これはおふよに一本取られた」

　徳兵衛は悪戯《いたずら》っぽい顔で自分の額をぴしゃりと叩いた。

「途中で、親猫とすれ違ったそうだが、親猫はちらりと白を見ただけで涼しい顔で行ってしまったとさ。手前ェが産んだことも忘れたようだったとさ」

　おふよはいまいましそうに言う。

「まだらは、また腹に仔を抱えているんだろ？　親離れした仔猫に頓着する暇はねェやな」

　富蔵が訳知り顔で口を挟んだ。

「これから冬になるってのに、どこで産むんだか」

　おふよは、また、ため息をついた。

「親分は白猫を飼うつもりだろうか」

　徳兵衛は白猫の今後が案じられた。

「親分の所は四匹もいるから、それはどうだろうね。うちだって一匹いるから、これ以上、面倒は見られないよ」

おふよは先回りして応える。

「そいじゃ、白はまた野良猫に戻るのかい」

徳兵衛の声は暗くなった。

「どうにかなるよ。これまでだってそうだもの。元気のいいのは生き残る。そうじゃないのは死ぬ。簡単なこった」

おふよはあっさりと言う。人間様以外のことには、おふよは存外冷淡だと徳兵衛は思っている。

「それはそうだが、不憫《ふびん》だねえ」

白猫に未練のある徳兵衛は歯切れが悪かった。

「そんなに心配なら、徳さん、面倒を見てくれそうな飼い主を探すこった」

おふよは小意地悪く言った。何んでも面倒を押しつけたがる女だ。

「明日、親分に様子を聞いてみよう」

徳兵衛はちろりに残った酒を猪口に注ぐとそう言った。

「もう一本、つけるかえ？」

おふよは気を利かせたが、徳兵衛は「いや、もう結構だ。深酒すると明日にこたえる」と断った。

「そうだねえ、昔と比べるとおれ達も酒が弱くなったもんだ」

富蔵も徳兵衛に無理じいせず、ちろりに残った酒の雫《しずく》まで猪口に注ぐと、大事そうに飲み干した。それからおふよの仕事が終わるのを待って、三人はこだるまを出た。めっきり冷え込んできた今日この頃。夜空の星だけがやけに光って見えた。

五

徳兵衛が案じていた白猫に新たな展開があったのは、それからひと廻り（一週間）ほど経った頃だった。岩蔵は白猫の眼をどくだみを煎《せん》じた汁で根気よく拭って、とうとう元の愛くるしい表情に戻したという。せっかく元気にしても、また野良猫になっては元の木阿弥《もくあみ》である。

岩蔵は縄張り内を廻って飼い主を探した。

すると泰蔵が、自分が飼ってもいいと応えたらしい。泰蔵は特に猫好きという訳ではなかったが、おるりと当分会えない寂しさを猫を飼うことで紛《まぎ》らわせる気持ちになったという。もちろん、徳兵衛も富蔵もおふよも大喜びした。

「飼うとなったらよう、泰蔵の奴、土間口に砂の入った箱を置いて、そこを猫の厠にするわ、好みの餌をやるわ、粗櫛で毛並みを調えるわで、白は見違えるように美人になったわな」

岩蔵は見廻りに出る前のひととき、自身番で徳兵衛と富蔵に嬉しそうに語った。

「親分。白は雌だったんですか」

富蔵は初めて知ったという顔で訊いた。

「ああ」

「そいじゃ、また白も仔を産むってことですね」

徳兵衛は吐息交じりに言った。また悩みの種が増えるのかと思うと、徳兵衛は憂鬱《ゆううつ》になる。

「大家さん。何を気に病むことがある。人も畜生も生まれては死ぬを繰り返すもんだ。それが天然自然の理《ことわり》よ。白が仔を産まなくても、よその猫は産むわな。問題はよう、生きてる間、とにかく達者に暮らしてほしいということだ。だろ？　及ばずながらこの岩蔵、手前ェのできることはするぜ」

豪気に言い放った岩蔵に、富蔵は感心して掌を打った。

「それでな、泰蔵の奴、白に名前ェをつけたんだが、その名前ェがよう……」

岩蔵の声が途端に低くなり、心なしか眼が赤く潤《うる》んだように見えた。徳兵衛はピンときた。

「親分。泰蔵は白におるりちゃんの名前をつけたんじゃないですか」

「こいつァ、畏れ入る。どうしてわかった」

岩蔵は驚いたように徳兵衛を見た。

「わかりますよ。泰蔵が一番呼びたいのは娘の名前だ。だが、離れ離れになっては、それも叶《かな》わない。飼い猫にその名前をつけりゃ、誰に遠慮もなく呼べる」

「その通りよ、大家さん」

岩蔵は大きく相槌を打った。

「だがよ。泰蔵の奴がるりや、るりやと呼ぶ度、おれァ、切なくてやり切れねェのよ」

岩蔵は低い声で続けた。

「ですが、泰蔵は、そのるりのお蔭で少しは元気になったんでしょう?」

富蔵は恐る恐る訊いた。

「ああ」

「だったら、余計な心配は無用ですよ。猫のるりは泰蔵の娘の代わりになったんだから」

　富蔵は岩蔵を励まして言った。

「そうだな。これでひとまず、いいことにするか」

　岩蔵は思いを振り切るように笑った。


　猫のるりは泰蔵が仕事で出かけると、裏店の屋根に上がって、日向《ひなた》ぼっこする。滅多によそへは行かない。おふよが「るりや、昼飯だよ」と声を掛けると、するりと屋根から下りて餌を貰うという。泰蔵が仕事をしている間は、おふよが面倒を見ていた。

「だけど、あたし、最近、耳がどうにかなったのかねえ」

　自身番に蒸《ふ》かしたさつま芋を差し入れに来たおふよは、そんなことを言った。

「耳が遠くなったのかい？」

　徳兵衛は、よく蒸けたさつま芋を頰張《ほおば》りながら訊く。

「ぶつよ、徳さん。誰も耳が遠くなったとは言っていないよ」

　おふよは徳兵衛をじろりと睨んだ。

「耳が遠くなる奴は長生きだそうだ」

　富蔵は丁寧に芋の皮を剝《む》きながら口を挟んだ。渋紙を拡《ひろ》げた中に、小豆色の皮がこんもりと積まれていた。几帳面《きちょうめん》な性格はそんなところにも現れている。徳兵衛は皮なんて剝かない。そのまま食べる。

「だから、遠くなっちゃ、いないってば！」

おふよは声を張り上げた。

「耳鳴りがするとか？」

徳兵衛は、つかの間、心配そうな顔になった。

「それも違う。ちゃうちゃう」

おふよは大袈裟に顔の前で手を振った。

「何んなんだよ」

徳兵衛はいらいらしておふよを見た。おふよは二人がようやく真顔になったのを認めると、コホンと咳払《せきばら》いした。

「泰ちゃんが仕事から帰って来るだろ？　すると、るりは屋根の上からじっと泰ちゃんを見ているのさ。嬉しさで飛びついたりしない。最初の内、知らん顔をしているのさ。泰ちゃんが、るりやと呼ぶと、初めて気がついたような顔で泰ちゃんを見るんだ。それでね、鳴き声をちらっと洩《も》らすんだけど、その鳴き声が、まるで人様が喋っているように聞こえるのさ」

「おふよには、るりの鳴き声がどんなふうに聞こえるんだい？」

徳兵衛は興味深い顔で訊いた。

「ちゃんって」

「……」

徳兵衛は何も言えなかったが、富蔵は噴き出すように笑った。

「そんな馬鹿なことがあるもんか。ちゃんだって？　ないない、そんなこと」

富蔵はさも馬鹿らしいというように応えた。

「だから、あたしの耳がおかしくなったのかと言っているんじゃないか」

おふよはぷりぷりして言う。

「うちの猫は腹が空《す》くと、ごはんと言うけどね」

徳兵衛は自分の家の飼い猫のことを思い出して言った。

「本当かい？」

富蔵は驚いたように訊く。

「ああ。女房が餌をやる時、ごはんだよ、と毎度言うもんだから、すっかりその言葉を覚えたらしい。はっきりとは言えないが、ごわんと言っているよ」

「ごはんが言えるのなら、ちゃんも言えるよね」

おふよは安心したように笑った。

「るりは泰蔵をちゃんと呼んでいるのかい……」

徳兵衛が独り言のように呟くと、あとの二人は同時にため息をついた。ささやかな倖《しあわ》せ。だが、それは本当に倖せと呼べるものだろうか。徳兵衛は訝しむ。泰蔵は娘の頭を撫でるように猫の頭を撫で、娘を抱き締めるように猫を抱き締めるのだ。

しかし、このままではいけないとも徳兵衛は思う。泰蔵の嫁探しを早くしなければならない。新しい女房が来て、泰蔵と二人でるりを可愛がれば、泰蔵の倖せは本当の倖せとなるのだ。娘のるりは泰蔵が新しく所帯を構えても反対しないだろう。きっと喜んでくれるはずだ。そう考えると、徳兵衛は落ち着かなくなった。

「ちょっと野暮用を思い出した。出かけてきますよ。おふよ、さつま芋、ごちそうさん」

徳兵衛はそう言って自身番を出た。奉公していた干鰯問屋や、その近所の商家を廻り、泰蔵に似合いの娘がいないか訊くつもりだった。いや、泰蔵が一度、夫婦別れしていることを考えたら、若い後家でもいいと思う。

徳兵衛は久しぶりに張り切っていた。

運のいいことに以前に勤めていた干鰯問屋で、亭主を病で亡《な》くした二十三の女中がいた。お内儀に打診すると「徳兵衛さん。実はあたしもあの子に誰かいい人はいないかと思っていたんですよ」と、色よい返事が戻ってきた。

「そ、そうですか。それじゃ、一度二人を会わせるってのはいかがでしょう」

「そうですね。近所のお蕎麦屋さんで、二人を引き合わせましょうか」

お内儀のおつるも、徳兵衛に負けないほどの世話好きだった。

「よろしくお願いしますよ。わたしはこれから泰蔵の裏店に行って、話をしてきますから」

徳兵衛はいそいそと暇乞《いとまご》いした。

秋の日は釣瓶《つるべ》落としに暮れる。喜兵衛店に着いた時、外はすっかり暗くなっていた。門口で、見慣れた男の背中が眼についた。泰蔵だった。声を掛けようとして、徳兵衛は思わず言葉を呑《の》み込んだ。泰蔵の視線の先に猫のるりがいたからだ。白い身体《からだ》は夜目にも白々として見える。

「るりや、今、帰《け》ェったよ」

泰蔵は優しくるりに言葉を掛けた。るりは屋根の上で前足を踏ん張り、大きく伸びをした。やれやれ、やっとご主人様のお帰りか、すっかり待ちくたびれたよ、という感じだった。るりは、か細い声を上げた。

途端、徳兵衛は金縛りに遭ったように身体が動かなくなった。

徳兵衛は聞いた。確かに聞いた。るりが「ちゃん」と言ったのを。

「ささ、腹が減っただろ？　待ってなよ。今、晩飯をこさえてやるからよ。おかかの飯がいいか、それとも今朝の豆腐汁の残りを掛けたもんがいいか？」

まさか、おかかとか、豆腐とか、るりが言うはずもなかった。るりは屋根から下りると、油障子の前で泰蔵が戸を開けるのを待った。

少し建て付けの悪い油障子が開くと、るりはするりと中に入った。

「おうよしよし。るりはいい子にしていたか」

流しの辺りで餌の用意をしながら泰蔵は話し掛ける。るりは何も応えない。黙ってじっと泰蔵の手許を見つめているのだろう。

徳兵衛は空を仰いだ。西の空に笑っているような三日月が出ていた。

縁談の話は明日にしようと思った。今、自分が出て行っては邪魔なような気がしたからだ。徳兵衛は、くるりと踵《きびす》を返し、せかせかした足取りでにゃんにゃん横丁の自身番へ向かった。

恩返し

一

〽梅は咲いたか 桜はまだかいな
柳ゃなよなよ 風しだい
山吹ゃ浮気で色ばっかり しょんがいな

呑気《のんき》な端唄《はうた》がにゃんにゃん横丁の自身番の外から聞こえる。おおかた仕事を終えて湯屋へ行き、帰りに居酒屋で一杯引っ掛けてきた輩《やから》だろう。「梅は咲いたか」は端唄中の端唄と言われる名曲である。だが、胴間声《どうまごえ》でうたわれては興ざめというものだった。

(梅はとっくに終わって、桜はもはや咲き始めているわな)

喜兵衛店《きへえだな》の大家の徳兵衛《とくべえ》は、そっと胸で呟《つぶや》いた。

暮六つ（午後六時頃）を過ぎた山本町界隈《かいわい》はひっそりと闇《やみ》に包まれている。風が生ぬるい。まぎれもなく春だった。大家の仕事は裏店の木戸に鍵《かぎ》を掛ける四つ（午後十時頃）まで終わらない。

自宅で晩飯を済ませた徳兵衛は、にゃんにゃん横丁の自身番にやって来て、書役《かきやく》の富蔵《とみぞう》と世間話をしながら時間を潰《つぶ》していた。

「味噌《みそ》に黴《かび》が生えそうだよ、あれじゃ」

富蔵は外から聞こえた男の声に、ぽつりと感想を洩《も》らした。徳兵衛も同調するように、ふふと笑い「これが巳之吉《みのきち》だと、ぐっと耳を傾けてしまうんだがね」と応《こた》える。

「巳之吉は全くいい喉《のど》をしている。木場で仕事唄をうたっている時なんざ、たまらないねえ」

富蔵は筆を止め、つかの間、うっとりした顔になった。

富蔵は日誌を書いている。一日のでき事を詳しく記述するのも書役の大事な仕事だった。

八丁堀の役人が下手人や咎人《とがにん》を追っている時、この近所で変わったことがなかったかどうか訊《たず》ねられることもあるからだ。幸い、その日は路上に寝ていた酔っ払いを保護したただけで、他に事件らしい事件は起きていなかった。酔っ払いは土地の岡っ引きの岩蔵《いわぞう》が家まで送って行った。

巳之吉とは喜兵衛店の店子《たなこ》で、木場の川並鳶《かわなみとび》をしている三十七の男だった。女房はおらず、男手ひとつで三人の息子を育てている。女房とは生き別れになっていた。

巳之吉は喉だけでなく、結構な男前で、若い頃は言い寄る娘が引きも切らなかった。大工の棟梁《とうりょう》の一人娘おさえと一緒になったのは巳之吉が二十歳《はたち》の時だった。おさえは父親の反対を押し切って巳之吉と一緒になったのだ。おさえも巳之吉の男ぶりにぞっこんとなった口である。

おさえの父親は自分の仕事を継いでくれる男を婿《むこ》に迎えたかった。その望みが消えた父親は、おさえに家の敷居は二度と跨《また》がせないと言い放った。巳之吉にのぼせていたおさえは、泣きながら引き留める母親の手を振り切り、着替えの入った風呂敷包《ふろしきづつ》みひとつで巳之吉の塒《ねぐら》に転がり込んだのだ。

一緒になった当初は夫婦仲もよく、二人の間には立て続けにぽんぽんと三人の息子が生まれた。

おさえの父親は頑固な男だったので、孫が生まれても二人の仲を認めようとはしなかった。町の娘達に騒がれる巳之吉が以前から気に入らなかったし、川並鳶を遊び人の集りのようにしか考えていなかったからだ。

川並鳶は木場の材木問屋に使われている職人である。他国から船で運び込まれる丸太は御台場《おだいば》か佃島《つくだじま》辺りに下ろされる。川並鳶はそれを筏《いかだ》に組んで木場へ運ぶ。木場へ着くと、長い棒の先に爪《つめ》のついた手鉤《てかぎ》と呼ばれる道具を使い、丸太を貯木場に収める。水に浮かんだ丸太の上を器用に飛び移るのも年季のいる仕事だった。広い貯木場のどこにどの丸太があるかも覚えていなければならない。木場にある丸太はたいてい買い手がついていたからだ。

丸太を製材して角にすると、また筏に組んで江戸の町々の注文主の所へ運ぶ。だが、川並鳶は、仕事がきつい割に実入りが少ない商売だった。日当は高いのだが、季節によっては休みになることも多い。休みになれば門前仲町《もんぜんなかちょう》辺りに繰り出して遊ぶ。羽織と呼ばれる深川芸者は川並鳶の贔屓《ひいき》だ。銭を持っていなくても遊ばせてくれる。だが、独り者の時はそれでもいいが、所帯持ちとなったら事情は変わる。おさえの父親が大工の亭主を娘に持たせたかった気持ちも徳兵衛にはよくわかる。

その通り、巳之吉との暮らしは、おさえにとって楽ではなかった。次々と子供が生まれてはなおさらだった。

親が傍《そば》についていれば何かと援助も受けられただろうが、おさえは父親に盾突いた手前、縋《すが》る訳にも行かなかった。巳之吉は次男坊で、父親はとうの昔に死に、母親は蕎麦《そば》屋を営む長男の所に身を寄せている。長男は弟一家に、たまに蕎麦を振る舞うぐらいはできても、それ以上の面倒を見る器量はなかった。

おさえは貧乏暮らしに耐えられず、とうとう家を出て行った。巳之吉は後を追わなかった。子供を捨てて出て行くような女房に未練はないと啖呵《たんか》を切り、仲立ちに来たおさえの親戚《しんせき》を追い返した。そのまま二人は離縁してしまったのだ。おさえはその後、商家の後添《のちぞ》えに入ったという。

巳之吉の店賃はみつきばかり滞っている。

それでも徳兵衛は、店賃が払えないのなら出て行けとは、とても言えなかった。この節、日傭取《ひようと》り、棒手振《ぼてふ》り、小職人《こしよくにん》などが住む裏店も各町々で空きが出ているのが現状だった。

江戸の町に裏店が増え過ぎたせいだ。そのため、店子は少しでも条件のよい裏店に引っ越しする者が多い。店子の確保も徳兵衛にとって頭の痛い問題だった。店賃が滞《とどこお》りがちでも巳之吉は大事な店子の一人だった。その内に払ってくれるだろうと徳兵衛は気長に待っている。

巳之吉が男手ひとつで育てていると言っても、息子達は着たきり雀、家の中は年中、とっ散らかっている。時々、巳之吉の母親がやって来て掃除や洗濯をしているが、それだけでは間に合わなかった。食事も近所の煮売《にう》り屋《や》のお菜《さい》で済ませている。巳之吉は仕事から帰って来ると、めしだけは炊《た》くが、他は勝手に喰えとばかり何もしない。巳之吉自分は徳利の酒を飲み、挙句にそのまま寝てしまう。井戸の傍には、いつもめし粒がこびりついた釜《かま》が放り出されていた。

まあ、そんな暮らしをしていても子供は自然に大きくなるもので、長男は十六、次男は十五、三男は十《とお》になった。

最近、長男と次男に川並鳶の仕事を仕込むため、巳之吉は二人を仕事場へ連れて行くようになった。三男だけは家で留守番をしていた。

米を研《と》いでおけ、汁を拵《こしら》えろ、家の中を片づけろと、巳之吉と上の二人の息子は三男に命じるが、三男の音吉《おときち》は素直に言うことを聞かない。

まだ十の子供である。父親と兄の眼がないのを幸い、木戸番小屋の店から駄菓子をくすねるわ、野良猫《のらねこ》を棒で叩《たた》いて苛《いじ》めるわ、女湯は覗《のぞ》くわで手に負えなかった。

三人兄弟の内、音吉だけは男前の父親に似ず、色黒で細い眼をしていた母親とそっくりだった。

だが、音吉は同じ年頃の子供に比べて体格がよかった。とても十には見えない。どうせなら三人一緒に仕事を覚えさせたらいいのにと徳兵衛は思っているが、なかなかそうも行かないらしい。悪さをする音吉に、もちろん近所から苦情が出る。巳之吉は息子の不始末に殊勝に頭を下げるが、その後が決まって修羅場《しゅらば》となった。手前ェ《てめ》のような半端者《はんぱもの》は出て行けの、殺してやるのと大騒ぎだ。喜兵衛店の店子のおふよは「あの騒ぎが始まると、あたしゃ、心ノ臓《しんぞう》がおかしくなってしまうのさ」と愚痴をこぼす。だが音吉は、おふよの言うことだけはよく聞いた。巳之吉に叱《しか》られ、音吉が泣きながら頼るのがおふよだった。

おふよは巳之吉が落ち着いた頃に、一緒に謝ってやるらしい。世話好きのおふよは、それだけでなく、何かと一家の面倒も見ているようだ。

「ほら、音ちゃん。お父っつぁんと兄さんが帰って来るよ。お釜を洗って米を研ぎな」

時分になると、おふよは音吉に命じる。

音吉がぐずぐずしていると、おふよは手早く束子《たわし》で釜を洗い「ほら、お米を一升計っておいで。ついでに研いでやるから」と言う。

「小母《おば》ちゃん、米櫃《こめびつ》に米がねェ」

「しょうがないねえ。米屋に行って買っておいで」

「小母ちゃん、金がねェ」

「晦日《みそか》にお父っつぁんが払うからとお言い」

そう言って渋る音吉を米屋へ行かせるのだが、米屋の支払いが滞り、売ってくれない時もある。おふよは仕方なく自分の家の米を分けてやるのだ。

おふよの亭主の粂次郎《くめじろう》は「あいつ等に構うな」と釘《くぎ》を刺すが、おふよは見て見ぬ振りはできなかった。

おふよのことを思い出した徳兵衛は「富さん、ちょいとこだるまで一杯飲もうか」と誘った。おふよが夜だけ手伝っている一膳《いちぜん》めし屋のことだった。夜は酒も出す。

「いいねえ」

富蔵はすぐに応《こた》えて、帳面をぱたりと閉じた。行灯《あんどん》を消し、戸締りをすると、二人は、いそいそとこだるまへ向かった。

二

こだるまはにゃんにゃん横丁の外れにある。

それは東側から見てのことで、こだるまの主《あるじ》の弥平《やへい》に言わせれば、西側から見たら、とっつきだという。そんなことは、徳兵衛と富蔵にとってどうでもいいことだった。

こだるまの隣りは質屋の「大磯屋《おおいそや》」だった。

大磯屋は出入り口が二つある。にゃんにゃん横丁の中と、もうひとつは、にゃんにゃん横丁を抜けて右に折れたこだるまの横だ。

大磯屋の敷地は鉤《かぎ》型になっていた。つまり四角な敷地の角にこだるまがぽんと置かれた形なのだ。だからこだるまの右隣りと後ろ隣りは、どちらも大磯屋の出入り口となる。

徳兵衛と富蔵がこだるまの縄暖簾《なわのれん》を掻《か》き分けて中に入ると、飯台《はんだい》の中にいたおふよは「いらっしゃい」と、張り切った声を上げた。

飯台の前に置いた醬油樽《しょうゆだる》に富本節の女師匠のおつがが、うっそりと座っていた。

おつがは粋な縞《しま》の着物にえんじ色の黒八《くろはち》を掛けた半纏《はんてん》を羽織っている。黒八は襟垢《えりあか》がつくのを防ぐために着物や半纏の襟に掛けるものだ。おつがは、四十はとうに過ぎているが徳兵衛達よりははるかに若い。

おつがは、かなり早い時刻から飲んでいたらしく、ほろりと酔っていた。富本節の師匠と言っても、さっぱり弟子はおらず、最近は得意の人相見《にんそうみ》の方が忙しいらしい。

おつがは霊感があるという噂《うわさ》で、相談に訪れる者が多いのだ。

このおつがが無類の猫好きだった。おつがは出かける時、必ず菰《こも》を持参する。野垂れ死にした猫を見つけると菰に包んで持ち帰り、手厚く供養《くよう》するためだ。にゃんにゃん横丁の住人達は死んだ猫を見つけると、すぐにおつがに知らせる。死骸《しがい》の始末をいやな顔もせずにしてくれるのは徳兵衛もありがたいと思っている。

「徳さん、富さん。いいところに来たよ。今、おっしょさんからおもしろい話を聞いていたんだよ」

おふよはおつがの隣りに二人を促《うなが》した。

「おもしろい話って何んだい?」

徳兵衛は、お愛想におつがへ酌をした。おつがは軽く顎《あご》をしゃくった。

「ありがと、大家さん」

おつがの家もにゃんにゃん横丁にある。裏店ではなく、二階家だった。世話になっている旦那《だんな》から与えられたものだ。

旦那は年のせいで、この頃は滅多におつがの家を訪れない。おつがは退屈しのぎにこだるまで晩酌をするようになったのだ。

「徳さん。まだらがさあ、おっしょさんの家で仔《こ》を産んだんだって」

おふよは嬉《うれ》しそうに言う。

「おや、そうかい」

まだらとは腹の大きかった黒と白のまだら猫で、徳兵衛も時々、餌《えさ》をやっていた野良猫のことだった。この頃、姿が見えないので、どうしているのかと心配していたのだ。

「そいじゃ、まだらは今、おつがさんの家にいるのかい」

富蔵も気になる様子で訊《き》いた。

「ええ。仔猫はよもぎが三匹、黒いのが一匹、それと虎《とら》ね」

おつがは笑って応える。おふよは徳兵衛と富蔵の前に猪口《ちょこ》を置き、わかめとじゃこの酢の物の小鉢を差し出した。今夜の突き出しはそれだった。慌《あわ》ただしく燗《かん》をつけたちろりを手にすると、おふよは二人に酌をした。

「皆、元気に生まれたようだね」

徳兵衛もほっと安心した。

「まだらがねえ、おつがさんの家の前で変な声で鳴いたんだって」

おふよは、おつがから聞いた話を始めた。

「どうして」

富蔵は怪訝《けげん》な顔をした。

「そりゃ、仔を産ませておくれってことさ。適当なお産場所が見つからなかったんだよ」

「それでおっしょさんに縋ったという訳か。おっしょさんの面倒見がいいことを、ちゃんと知っていたんだね」

富蔵は感心した顔で猪口の酒を口に運んだ。

「家の中は困るから、上がり框《かまち》の下の板を外して縁の下に入れてやったのさ。ああ、その前に菰も一枚入れてやった。地べたは冷たいからねえ。それから一刻《いっとき》（約二時間）もすると、お産が始まったのさ」

おつがは少し呂律《ろれつ》の回らなくなった口で言った。

「苦しそうだったかい」

徳兵衛も酢の物を摘《つま》みながら訊く。

「ちっとも。にゃあとも鳴かなかった。偉いよ、猫は。人間様ほど大騒ぎして子供を産む生きものはいないね」

おつがは皮肉な調子で応えた。色白で太りじしのおつがは妙な色気がある。おつがの旦那がそっと囲いたくなった気持ちも徳兵衛には理解できる。髷《まげ》に挿《さ》した翡翠《ひすい》の簪《かんざし》も旦那から与えられたものだろう。かなり値の張る品物に見える。

「問題は産んだ後だよ、徳さん」

徳兵衛の思惑に構わず、おふよは力んだ声を上げた。

「どうしたね」

徳兵衛はおつがとおふよの顔を交互に見た。

「しばらくの間、まだらは仔猫の傍につきっ切りだったから、あたしは汁掛けめしを差し入れしていたのさ。その内に外へ出たくなった様子で縁の下から出て来た。あたしは戸を開けてやった。すると、まだらの奴《やつ》、鼠《ねずみ》を口にくわえて戻って来たんだよ。あたしは色気のない悲鳴を上げて、後生だから、そんなもの、持って来ないどくれって大声出しちまった」

おつがはその時のことを思い出して身体《からだ》を縮めた。

「あたしも鼠は駄目だねえ」

おふよも顔をしかめた。

「そうしたら、今度は鯵《あじ》の干物をくわえて来たんですよ」

おつがは鼻の穴を膨らませて言う。

「どういうことなんだろうね、徳さん」

富蔵は徳兵衛に訊いた。

「わからん」

徳兵衛は首を振った。

「鈍いねえ、二人とも。無事に仔が生まれたお礼のつもりなんだよ」

おふよは血のめぐりの悪い二人にいら立ったように応えた。

「へえ！」

富蔵は素《す》っ頓狂《とんきよう》な声を上げた。

「それだけじゃないんだよ。まだあるのさ。まだらは銭の入った紙入れもくわえて来たんだよ」

おふよは得意そうに続けた。

「そいじゃ、おっしょさんが自身番に届けた紙入れは、まだらがくわえて持って来たものなのかい」

富蔵は何日か前のことを思い出して言った。

「ええそうですよ。まだらがくわえて持って来たというのも妙だから、道で拾ったことにしましたけどね」

おつがは体裁の悪い顔で応える。

「駄目だよ、嘘《うそ》を言っちゃ」

富蔵はおつがを窘《たしな》めた。

「すみません」

おつがは肩を竦《すく》めた。

「そういうことなら、まだまだ続きがありそうだね」

徳兵衛は訳知り顔で言う。

「そうなんですよ、大家さん」

おつがは愉快そうに徳兵衛の猪口に酌をした。

「おふよさん。もう一本つけて」

空になったちろりを持ち上げて、おつがは甘えた声を出した。

「おっしょさん。もういい加減にしたら？」

おふよはさり気なく止める。

「お話が途中じゃないの。これからおもしろくなるんだから」

「それもそうだねえ」

おふよはあっさりと言って、ちろりに酒を入れて燗をつけた。

「まだらはね、それからも色々な物を運んで来たのよ。塩鮭《しおざけ》でしょう？　イカでしょう？　富籤《とみくじ》もあったけど当たっていなかったな。仏壇に供える花、線香の箱、蠟燭《ろうそく》。傑作なのは数珠《じゅず》と経本よ。二つ一緒に持って来たの。あたしが毎朝、お仏壇の前でお経を唱えるものだから、まだらの奴、あたしが喜ぶと思ってくわえて来たのよ」

「数珠と経本は大袈裟《おおげさ》だ。ないないそんなこと」

富蔵は、さも馬鹿らしいと言うように顔の前で手を振った。

「本当だってば！」

おつがとおふよの声が重なった。

「猫の恩返しか……」

徳兵衛は独り言のように呟いた。

「そうなんだよ、徳さん。畜生でも、ちゃんと恩は忘れないのさ。それに比べて、あの音吉ったら、あたしに、くそ婆《ばば》ァと悪態《あくたい》をついたんだよ」

おふよはため息交じりに言う。

「おふよに向かって、そう言ったのかい」

徳兵衛は驚いた顔になった。本当にまだらとは大違いだ。

「遊んでばかりいるから、ちょいと小言を言っただけなんだよ。それなのに……あたしも腹が立ったから、くそを垂れない婆ァはいないと言ってやったんだ」

「おふよ、汚いよ。人が食べている時に」

徳兵衛は眉間《みけん》に皺《しわ》を寄せた。

「ばば喰《く》ってる時にめしの話はするなってことだね。大家さんはお行儀がいいからねえ」

さすがおつがである。めし喰ってる時にばばの話をするなを引っ繰り返して、その場をいなしていた。

「結局、幾ら面倒を見てやっても、所詮《しょせん》は他人さまの子供なんだよ。うちの人は、がっかりしているあたしを見て、何んて言ったと思う？　そら見たことかだと。出刃包丁を突き立ててやりたかったよ」

おふよと亭主の粂次郎は仲がいいのか悪いのか、さっぱりわからない夫婦だ。それを言うと「あたしはうちの人の所になんて嫁に行きたくはなかったんだよ。お父っつぁんが勝手に決めたことだ」と応える。息子二人は日本橋の呉服屋に奉公している。下の息子は住み込みの手代だが、上の息子は妻子を連れて上方の本店《ほんだな》に行っていた。当分の間、おふよと粂次郎の二人暮らしは続くようだ。

「出刃包丁で思い出したけど、あの音吉、ついこの間まで、出刃は喧嘩《けんか》で振り回すものだと思っていたんだよ」

おつがは、ふと思い出したように言った。

「それは、わたしも覚えているよ。長屋の男達が音吉をからかって、これは何んだと出刃を見せると、音吉の奴はこうするんだ」

徳兵衛は空《くう》にばってんを書く仕種をしてみせた。

「おかしかったよねえ。みのさんのやることを真似《まね》していたのさ。悪い父親だ」

おふよは含み笑いを堪《こら》える顔で言った。

「でも、みのさんは、この先どうなるのか教えてくれと、あたしの所に来たことがあるんだよ。あれは、おかみさんが出て行って相当参っていた時だったねえ」

おつがは遠い眼をして言った。女房が出て行った後、巳之吉に再婚を勧める者は多かった。巳之吉もその気はあったのだが、いつも縁談は立ち消えとなった。巳之吉はともかく、利《き》かん気の三人の息子に相手が及び腰になってしまうのだ。

「いい目が出たかえ」

おふよは、ぐっと身を乗り出した。

「おふよさん。さいころ博打《ばくち》じゃないんだよ」

おつがは、さり気なく窘めた。

「ああ、悪かったよ。だけど、あたしだって、あいつ等のことは気になっているんだよ」

「わかっている。みのさんは、そんなに悪い人相じゃない。額に張りもあるし、鼻筋も通っている。短気は短気だけど、根は純情なところもある。とにかく、倅《せがれ》を早く一人前にすることだ、その後は運もめぐってくると言ってやったのさ」

「何んだ、当たり前のことじゃないか」

富蔵はつまらなそうに口を挟んだ。途端、おつがはぎらりと富蔵を睨《にら》んだ。

「書役さん。この世の中はね、当たり前に暮らせない人がごまんといるのだよ。当たり前のことがどれほど大変か、ご苦労なしのあんたにゃ、わかりゃしないよ」

「まあまあ」

徳兵衛はおつがを宥《なだ》めた。「おっしょさんは、人の相談相手にもなっているんだ。それで巳之吉だけでなく、他の人も慰められるなら、結構なことじゃないか」

「そのう、おっしょさんは、本当に人の顔を見て先のことがわかるのかい」

富蔵の問い掛けに、おつがは返事をしなかった。

「おふよさん、帰るよ。幾らだえ」

ぷいっと席を立った。

「えと、お酒が三本に突き出しと焼き魚だから、都合六十八文ですよ」

それを聞くと、おつがは飯台にざらざら小銭を放り出し「お先に」とも言わずに出て行った。

「もう、富さんの気の利かないところはあるもんじゃない。もっと考えてものを言ったらどうなんだ」

おふよはぷりぷりして、おつがの使った皿小鉢や猪口を板場に下げた。

「面目ない」

富蔵は月代《さかやき》の辺りをつるりと撫《な》で上げた。

「おふよさん。そろそろ暖簾《のれん》を下ろしていいよ」

内所（経営者の居室）から弥平の声が聞こえた。

「あいよ」

おふよは明るく応え、暖簾を下ろした。

「さ、わし等も引けるか」

それを潮に徳兵衛も富蔵を促した。

「待っとくれよ。あたしも後始末をしたら帰るからさ」

おふよは慌てて引き留める。徳兵衛と富蔵は残った酒をゆっくりと飲みながら、おふよが片づけを終えるのを待った。

三

江戸の町々の桜が満開になった頃、岡っ引きの岩蔵は耳よりな話を徳兵衛と富蔵に持ってきた。

「相模屋《さがみや》の隠居は、足が悪くて、今年の花見はできなかった。それを気に病んで、隠居は、おれはもう駄目だ、お迎えがくると塞《ふさ》ぎ込んでしまったのよ。倅の旦那《だんな》は心配して、何んとか隠居を慰める方法はねェかと、周りの者に相談した。そしたら泰蔵《たいぞう》が、隠居部屋の前の庭が結構広いから、そこに土俵を拵えて素人《しろうと》相撲をやったらどうかと案を出したのよ。隠居はほれ、相撲見物も好きな人だからよ」

相模屋は三好《みよし》町の材木問屋で、喜兵衛店の店子である泰蔵と巳之吉が勤めている店だった。

「泰蔵の奴、気の利いたことを言うなあ」

富蔵は感心した。

「お前とは大違いだよ」

徳兵衛はこだるまでおつがを怒らせてしまったことを思い出して言った。

「何んのことよ、大家さん」

岩蔵は怪訝な顔をした。

「いえ、何んでもありませんよ。それで？」

徳兵衛は岩蔵に話の続きを促した。

「見物人には弁当と酒を出す。相模屋の旦那の大盤振る舞いよ。ところが、力士が集まらねェ。木場の連中は相撲に出て怪我《けが》でもしたら仕事ができなくなると及び腰なのよ。言い出しっぺの泰蔵も、手前ェは昔から相撲が弱くてと断る始末だ。引き受けたのは命知らずの巳之吉とその仲間ぐれェだった」

命知らずの巳之吉とは畏《おそ》れ入る。岩蔵も口の利きようを知らぬ男だと徳兵衛は思った。

「たった六人だけじゃ、すぐに相撲が終わっちまう。そこでだ、急遽《きゅうきょ》、子供相撲に切り換えた。三つから七つぐらいの餓鬼が幕下で、幕内はその上から十二ぐらいまでの餓鬼だ。優勝力士にゃ、反物一反と米一俵が出る。どうだ」

岩蔵は得意そうに続けて二人の顔を見た。

江戸の勧進相撲は寛永元年（一六二四）に四ッ谷長善寺《ちょうぜんじ》（笹寺《ささでら》）で晴天の六日間の興行をしたのが始まりである。天明元年（一七八一）以降は十日間の興行となった。

勧進相撲は、もともと寺社の建立《こんりゅう》や修理のための費用を庶民に募《つの》る目的だった。それが今や芝居と並ぶ江戸の人々の娯楽に発展した。本所回向院《えこういん》境内では毎年興行が打たれている。だが、地方の村での素人相撲は聞いたことがあるが、江戸では滅多に聞かない。広い敷地を持つ相模屋だからできることだった。

「親分。わし等は何をお手伝いしたらいいんですかね」

徳兵衛は岩蔵に訊いた。行司を頼まれても困る。

「知れたことよ。相撲に出る餓鬼を集めてほしい」

岩蔵は当然のように応えた。

「まあ、そういうことなら」

徳兵衛は言いながら、心当たりのある子供の顔を思い浮かべた。賞品が米一俵となったら、子供よりも親が夢中になりそうな気がした。

その日の午後から、徳兵衛は岩蔵と手分けして子供達を集め出した。もちろん、巳之吉の息子の音吉も外さなかった。すでに相模屋は太物問屋《ふとものといや》に声を掛け、子供達が締めるまわしの準備をしているという。後は人数だけだ。

せめて三十人は集めたい。それで十五の取組ができる。その後は勝ち抜き戦で優勝が決まる。

優勝は幕内と決まっていたが、幕下の子供達の親はそれが不満で、幕下優勝者にも何か出ないのかと言い出す始末だった。相模屋はそれもそうだと、反物一反に菓子折をつけることにした。

相模屋は仕事もそっちのけで土俵を拵えた。

最初は隠居所の前の庭で行なうつもりだったが、噂が拡《ひろ》がるにつれ、見物を申し込む人々が増え、材木置き場の一郭を土俵に充《あ》てることになった。土俵は相撲の勧進元から職人を呼んで指図させる念の入れようだった。

おふよが自身番を訪れたのは、子供相撲を三日後に控えた午前中のことだった。外は花曇りで今にも雨が降って来そうな空模様だった。誰しも当日の天気を気にしていた。

「徳さん。困ったよ」

おふよは暗い顔をして言った。

「どうした。何かあったのかい」

「音吉、相撲に出たくないと駄々を捏《こ》ねているんだよ」

「何を言ってる、優勝候補が」

徳兵衛は信じられない表情でおふよを見た。

話を持ち掛けた時は「大家さん。おいら出るぜ。優勝して米を貰《もら》ったら長屋中の人に分けてやるんだ」と張り切っていた。優勝に向け、毎晩、父親と二人の兄を相手に稽古《けいこ》もしていたのだ。

「弁天湯《べんてんゆ》の主が薬研堀《やげんぼり》にいる孫を呼び寄せたじゃないか。その孫、でっぷり太っていて、そのまんま相撲取りで通用するほどの体格だ。音吉、怖気《おじけ》をふるってしまったのさ」

弁天湯は山本町にある湯屋のことだった。

相撲の出場者は近所の子供達が大半だったが、中には川向こうの町の子供も混じっていた。集まった子供達は総勢三十六人だった。

「何んだ、だらしがねェ」

徳兵衛は舌打ちした。

「みのさんと兄貴達が宥めてもすかしても言うことを聞かないのさ。このままじゃ、弁天湯の孫に対抗する者がいなくて、あの孫の一人勝ちだよ。よその町の子供に優勝をさらわれるなんて、木場の、いや深川の恥だ」

おふよは悔しそうに言った。

「どれ、ちょっと音吉に話をしてこようか」

「無駄だと思うけど……」

おふよは力なく言った。

おふよと一緒に喜兵衛店へ行くと、音吉が珍しく土間口の掃除をしていた。外へ遊びに行かなかったのは大人が口々に「がんばれよ」とか「当日は見物に行くからな」と声を掛けるからだ。

「音吉」

徳兵衛は、さえない顔をした音吉に言った。

「子供相撲には出ないそうだね」

「うん」

「弁天湯の孫がいるからかい」

「ああ。あいつが出るんじゃ勝ち目はねェわな」

「そうかい。負けるのがいやなんだね」

「そうだよ。おいらが負けて、弁天湯のデブが得意になった面《つら》は見たかねェ」

「この世の中、勝つ者がいれば負ける者だっている。今のところ弁天湯の孫に勝てる者はお前しかいないのだよ」

「だから、勝てねェって」

音吉はうるさそうに徳兵衛の話を遮《さえぎ》った。

「お前が出ないじゃ、弁天湯の孫の勝ちは、ほぼ決まりだ。そんな相撲、わしだって見たくないよ。先がどうなるかわからないから勝負はおもしろいのだよ。身体《からだ》の大きな力士が勝つと決まっているか？　横綱が小兵《こひょう》の力士に負けることだってあるんだ。客は皆、そんな相撲が見たいのさ。音吉、負けてもいいんだよ。お前がどれだけ弁天湯の孫に喰らいついていけるか、わしはそれが見たい。黙って勝たせるものかと男気を出しておくれ。お前が出れば皆んなが喜ぶ。お前の悪さにさんざん往生した人も、今までのことを水に流してくれるよ。恩返しだよ、音吉」

「恩返し？」

音吉は徳兵衛の言葉を鸚鵡《おうむ》返しにした。

「ああ、そうだ。この小母ちゃんにも世話になっただろ？　これからも世話になるはずだ。たまに喜ばしてやりな。小母ちゃんはお前のことを本当の孫のように思っているんだ」

「………」

音吉はすぐに出るとは言わなかったが、何やら思案顔をしていた。

前日の夜に少し雨は降ったが、当日はからりと晴れた。桜は散り始め、通りを歩くと、どこからともなく花びらが落ちてくる。

いつもは材木が井桁《いげた》に組まれたり、斜めに立て掛けられている材木置き場に土を盛り上げて土俵が作られた。中央には御幣《ごへい》を立てている。

その御幣が外されると、紺の法被《はっぴ》姿の川並鳶が六人上がり、子供相撲の無事を祈って木場の木遣《きやり》念仏と呼ばれる節を唸《うな》り出した。巳之吉はいつもより気張って声を張り上げる。

朗々とした声が木場の外まで流れてゆく。見物人はおよそ二百人も集ったのではないだろうか。

座席に入り切れず、木場に舟を浮かべて、そこから見物する者もいた。力士は西と東にそれぞれ分かれて座っていた。

砂かぶりの一番いい席に相模屋の隠居が厚い座蒲団《ざぶとん》を敷いて座っている。傍に世話をする嫁達も座っていた。行司は相模屋の主の弘右衛門《こうえもん》。どこからか行司の衣裳《いしょう》を調達して来て式守伊之助《しきもりいのすけ》ならぬ式守イモリノ助と名乗って見物人を沸かせていた。

幕下の力士は尻《しり》の青痣《あおあざ》が取れない者もいて、ただ見ているだけで可愛《かわい》らしかった。負けると、痛さと悔しさで顔をくしゃくしゃにして泣いた。

音吉は白いまわしを締めて西側の席に座っていた。音吉は東側にいる勇助《ゆうすけ》を睨みつけている。勇助は弁天湯の孫だ。色白で乳が女のように盛り上がり、腹も二段に肉がついている。だが、勇助は愛嬌《あいきょう》のある顔をしていた。

一方、音吉は母親譲りの真っ黒い膚《はだ》をした筋肉質の身体だった。音吉は徳兵衛とおふよに諭され、とうとう出場を決意した。この三日間は以前にもまして稽古に励んだという。

負けてもいいのだと言ったことと、恩返しが音吉に効果があったようだと徳兵衛は思っている。

すこぶるいい気分だった。

幕下がひと通り終わり、いよいよ幕内に入った。勇助の強さは圧倒的だった。身体の重さにものを言わせ、相手をポンとひと突きするだけで勝った。音吉の方は四ツに組んで投げを打ったり、土俵際《ぎわ》でねばってうっちゃりをかましたりして、見物人をハラハラさせながら勝った。

見物人は次第に音吉に加勢する者が多くなった。

徳兵衛は西側の桟敷《さじき》から見物していた。

徳兵衛の傍には、おふよと亭主の粂次郎、富蔵が座り、後ろには徳兵衛の女房と嫁、富蔵の女房のおろくが座っていた。おふよが緊張で口数も少なくなっているのに対し、後ろの女達の姦《かしま》しいのには閉口した。

子供が土俵に上がる度、やれ、あれはどこそこの子で、親は誰それで、まだ寝小便の癖があるだの、この間、どぶに嵌《はま》って大変だったのと、いちいち何か言わなければ気が済まないのだ。おまけに、相撲をよく知らないおろくが「お前さん、どうしてうっちゃりと言うのだえ」などと、富蔵へしきりに訊くのも徳兵衛の癇《かん》に障《さわ》った。

二回戦が終わると、いよいよ優勝候補が絞り込まれてきた。幕下は残ったのが四人なので、順当に勝負はつくが、幕内は五人。組み合わせの関係で一回勝てば結びの一番へ行く者と、二回勝たなければならない者に分かれた。

勇助は前者で音吉は後者だった。

「弁天湯の大将は、もうすっかり勝った気でいるよ。ああ、肝《きも》が焼ける」

おふよは低い声で言った。東側の桟敷では弁天湯の主が親戚を呼び寄せて上機嫌の態《てい》だった。

音吉が土俵に上がると、巳之吉と二人の兄は大声で声援を送った。結び前一回目の相手は大工の息子で音吉と似たような体格の子だった。軍配が返ると両者、四ッに組んで一歩も引かない。

力は互角だった。

「どっことな」

客席からは相撲の掛け声が入る。じりじりと音吉が土俵際に追い詰められる。おふよ、たまらず「音吉！　踏ん張れ」と黄色い声を張り上げた。

「ずこっとな」

横で粂次郎が白けた顔で茶々を入れる。

おふよは加減もなく粂次郎の腕を叩いた。

万事休すと思った瞬間、音吉は渾身《こんしん》の力で投げを打った。場内に歓声が上がった。

相模屋の隠居は興奮のあまり咳《せ》き込んだ。土俵から下りた音吉は息が上がり、言葉も喋《しゃべ》られない様子だった。

無理もない。本日一番の長い相撲だった。

「あと一番で弁天湯の孫と対戦だ」

徳兵衛は星取り表を睨みながら独り言を呟いた。

「徳さん。音吉は大丈夫かね。結構、力の入った取組が続いたよ」

富蔵は心配そうに訊く。音吉は激しいぶつかり合いで、びっしりと汗をかき、鬢《びん》のほつれも目立つ。

「少し休めば疲れは収まるよ」

「音吉に比べて弁天湯の孫の涼しい顔はどうだ？　汗のひとつもかいちゃいないよ」

次に土俵へ上がった勇助は、危なげなく相手を押し出した。にっこりと笑顔を見せたところは徳兵衛でも小憎らしいと思う。

音吉の二回目の相手は背丈も小さく、年も下だったので、今度はあっさりと勝つことができた。幕下は早々に勝負がつき、大磯屋の孫が優勝した。大磯屋の周りは大騒ぎで、主は酒を飲み過ぎてゲロを吐く始末だった。

そうして、とうとう結びの一番の勝負へと移った。

「お前さん。あんな大きな子が相手じゃ、音ちゃん、負けるよね」

おろくは富蔵に声を掛ける。

「うるさい！　少し黙れ。このくそ女」

珍しく富蔵は声を荒らげた。富蔵も緊張していた。

「ま、ひどい」

おろくは、ぷんと膨れた。

「弁天湯のお孫さん、末は相撲取りになりたいんですって。ごはんなんて、丼《どんぶり》で五杯も食べるそうよ」

徳兵衛の長男の嫁のおふじが姑《しゅうとめ》のおせいに教える。

「そうだろうねえ。でなきゃ、あんなに太れやしない。薬研堀の家じゃ、月にお米をどれぐらい使うんだろうね」

「相当ですよ、おっ姑《か》さん」

「相当だろうねえ」

「下らない話はやめろ」

徳兵衛も後ろの二人を制した。

音吉は呼吸も調《とと》のい、落ち着いた様子だった。

土俵に上がると勇助を睨みつけ、闘志をむき出しにした。

「大した根性だ」

粂次郎は感心した表情で言った。

軍配が返ると、案の定、勇助の突きに音吉の身体は後ずさった。そのまま、ぐいぐいと押し詰められる。音吉は無我夢中で勇助の首に腕を掛け、前に引いた。それがうまく行って勇助の身体が地響きを立てて前に倒れた。

しかし、その瞬間、音吉の足も土俵から出ていた。軍配は音吉に挙がったが、弁天湯の主は目の色を変えて「行司、差し違いだ」と喚《わめ》いた。弁天湯の親戚も「そうだ、そうだ」と相槌《あいづち》を打つ。

見物人の意見も二つに分かれた。行司の弘右衛門は困り果てて隠居を見た。

「同体だ。もう一番」

隠居は咳き込みながら応えた。その言葉に誰しも、ほっと胸を撫で下ろした。このまま終わっては恨みが残るというものだ。もうひと勝負することが決まると、勇助の顔から笑みが消えた。

徳兵衛には不気味に思えた。

「今度は負けるね、おっ姑さん」

おふじは諦《あきら》めたように言う。

「そうだねえ。だけど音ちゃん、よくがんばったよ」

おせいも、もはや勝負が決まったようなことを言った。徳兵衛は二人とも張り倒したい気分だった。

「さあて、例の手を遣うかな」

粂次郎は謎《なぞ》掛けのように呟いた。

「何んだよ、お前さん。例の手って」

おふよは不思議そうに訊く。

「いや、こっちのことだ」

そう言ったが、粂次郎はおもむろに立ち上がると、口許《くちもと》に両手をあてがって「音吉、百文、百文！」と怒鳴った。百文という技があるのだろうか。徳兵衛には、さっぱりわからない。音吉は粂次郎の声が聞こえたようで、拳《こぶし》を突き上げた。

「やるな、あいつ」

粂次郎は嬉しそうに笑った。

音吉の間合いは長かった。勇助は少しいらいらしているように見える。軍配が返った刹那《せつな》、音吉は、すっと顔を上げ、勇助の顔の前で、ひとつ掌《て》を打った。勇助は虚を衝《つ》かれ、眼をぱちくりさせた。音吉はすかさず勇助の背後に回り、厚い身体を押しに掛かる。

勇助は体勢を元に戻そうともがくが、音吉はそうさせなかった。幾ら勇助でも後ろ向きでは分が悪い。とうとう土俵の外に押し出されてしまった。場内に怒濤《どとう》のような歓声が上がり、座蒲団が宙を舞う。

勇助は悔しさのあまり、おんおんと声を上げて泣いた。そのみっともなさは、あるものではなかった。

「ありゃ、何んという技だ？」

徳兵衛の近くにいた男が不思議そうに連れに訊いた。

「猫だましよ。音吉、にゃんにゃん横丁に住んでいるそうだから、猫にあやかったのかも知れねェなあ」

「なある」

呑気な解釈だ。音吉は勇助との勝負に備え、色々と策を練ったらしい。相手の目の前で掌を打って意表を衝く猫だましも、策のひとつだったのだ。

行司から勝ち名乗りを受けると、音吉は安心したように笑顔を見せた。しかし、その後で見物人をゆっくりと見回し「どんなもんじゃい！」と吼《ほ》えた。

おふよは手拭《てぬぐ》いを眼に押し当て、嬉し涙にくれていた。

四

音吉は、おふよへの恩返しで子供相撲に意地を見せたのではなかった。粂次郎の叫んだ百文にその答えがあった。

音吉はおふよと徳兵衛に子供相撲への出場を諭されたが、まだ気持ちは固まっていなかった。

粂次郎は、普段は音吉に口も利かない男だったが、長屋の土間口でぼんやりしている音吉に「どうだ、まだ決心はつかねェのかい」と、珍しく声を掛けた。

「つかねェよ。どう考えたって、おいら、あのデブにゃ、勝てねェ」

「まともに組んだら、そうだろうな」

「だろ？」

「だが、秘策は色々あるぜ」

粂次郎は訳知り顔で言った。

「向こうは押しの一手だ。向かって来たら、体《たい》を躱《かわ》して横に飛び退《の》く。相手が慌てた隙《すき》に後ろから押し出す」

粂次郎は身ぶりを添えて続けた。

「そううまく行かねェよ。あのデブは、あれで毎日稽古をしているんだ。その手は先刻承知《しょうち》之助《すけ》だろう」

「八艘飛《はっそうと》びはどうだ？　相手の肩に両手を突いて後ろへ飛び、これも背中から押す」

「小父《おじ》ちゃんは背中から攻めるのが好きだなあ。おいら、塀から飛び降りるのは平気だが、飛び上がるってのはどうもなあ」

音吉は大人のような表情で苦笑した。

「まだあるぜ。猫だまし。相手の目の前でパンと掌を叩く。何んだ、何んだと思う間もなく後ろへ回る」

「どうでも背中から押し出さなきゃ勝ち目はねェってことけェ?」

「おうよ。組んだら終わりだ」

「……」

「賭《か》けをしねェか?」

黙りこんだ音吉に粂次郎は悪戯《いたずら》っぽく言った。

「何んの賭けよ」

「むろん、お前ェが相撲で勝ったら、おれが百文出す。負けたら、お前ェが出す」

「冗談きついぜ、小父ちゃん。おいらが文なしってことはわかっているくせに」

「今はな。だが、その内、お前ェは親父や兄貴達のように川並鳶になるんだろ?」

「ああ」

「そしたら給金が入るじゃねェか。それまで待ってやるよ。ただし、踏み倒しはいけねェ。きっちり払って貰《もら》う。その前におれがお陀仏になったとしても、遺言状に貸しがあることは書いておくからな」

「小父ちゃんはずるいよ。最初《はな》っから、おいらが負けると決めて言ってやがら。そんな賭け、おいら、まっぴらだ」

「そうけェ、やめるのけェ。お前ェがそこまで意気地なしとは思わなかったぜ。無駄な刻《とき》を喰った。今の話は忘れてくれ」

粂次郎は踵《きびす》を返した。

「小父ちゃん。一回勝つのはどうだ？　それなら賭けてもいいぜ」

音吉は慌てて追い縋った。

「駄目だ。そんなのはおもしろくも何んともねェや。ささ、尻尾《しっぽ》巻いて引けな」

粂次郎は吐き捨てるように言った。そのもの言いに音吉は、かッと腹を立てた。

「上等だ。やってやろうじゃねェか」

音吉は、まんまと粂次郎の術中に嵌った。

「そう来なくちゃ。よし、決まりだな。百文だぜ。男と男の約束だ。お前ェから百文いただくのを楽しみにしているよ」

粂次郎はにっこりと笑った。

だから、音吉は必死だった。優勝できなければ何も貰えない上、百文取られるのだ。

「全く人の悪い男だよ」

こだるまで、おふよは粂次郎を睨みながら言った。日中、本所の妹の家に行っていたおふよは、帰って来ると晩めしの仕度が面倒だった。それでこだるまに粂次郎を誘ったのである。

その夜、徳兵衛と富蔵もこだるまを訪れ、ようやく百文の理由を知ったのだ。

「まあ、そうでも言わなきゃ、あの音吉のことだ。素直にうんとは言わなかっただろう。こいつは粂次郎さんの作戦勝ちってことですね」

徳兵衛は得心した顔で言った。内心では自分の説得で音吉が改心したとうぬぼれていた。

何んだか恥ずかしかった。粂次郎は徳兵衛達より八つも年上である。亀《かめ》の甲より年の功というものだった。

「いや、なに」

粂次郎は照れて多くを語らなかった。腕のよい指物師《さしものし》でありながら裏店住まいに甘んじているのは、内弟子の借金の肩代わりをさせられたせいだった。内弟子は方々《ほうぼう》に借金をしたまま、行方をくらました。借用書には粂次郎の捺印《なついん》があった。内弟子がこっそり印鑑を持ち出していたらしい。それればかりでなく、注文主からの手間賃も横取りしていた。

働いて返すには額が大き過ぎた。粂次郎は親から譲り受けた家を売って返済に充てたのだ。それから粂次郎は妻子を連れて喜兵衛店に引っ越しした。

おふよの偉いところは、決して粂次郎を責めなかったことだ。徳兵衛が「さぞかし、亭主の不甲斐《ふがい》なさに腹が立っただろうね」と、ねぎらうと、おふよは「ううん」と首を振った。

「うちの人が悪いんじゃないもの。弟子の不始末に気がつかなかったあたしも悪いのさ」

おふよはそう言って、薄く笑った。親の苦労を見て来ているので、二人の息子は感心するほど、よくできた男になった。まあ、それが不幸中の幸いであろうか。

皺深い顔の粂次郎には、存外、愛嬌があった。濃い眉毛《まゆげ》の下の金壺《かなつぼ》まなこは少年のように澄んでいる。憎めない表情だ。

ちろりの酒を飲み、塩鮭、あさつきのぬた、しじみ汁と香の物で晩めしを済ませると、粂次郎は、そそくさと帰って行った。女房が手伝っている店で、亭主がだらだら飲むのは、みっともないと思っているようだ。

徳兵衛は粂次郎と、たまにゆっくりと酒を飲みたいと考えているのだが、いつもはぐらかされてしまう。粂次郎は人見知りの質《たち》でもあった。

「だけど、子供相撲はおもしろかったねえ。あたしゃ、あんなに胸がすっとしたことはないよ」

おふよは徳兵衛と富蔵に酌をしながら言った。

「巳之吉と、上の兄貴達は男泣きしていたな。あいつ等、今まで結構、辛《つら》い思いをしていたから、よほど嬉しかったんだろう」

富蔵も思い出して言った。

「粂次郎さんは音吉に百文払ったんだね」

徳兵衛はおふよに顔を向けた。

「約束だからね」

当然のように応える。百文が惜しいとは言わない。おふよは太っ腹な女だと改めて思う。

「その銭、わしの所に持って来たよ。店賃に充ててくれって」

「音吉が？」

おふよは眼をみはる。その後で、ぐすっと涙ぐんだ。

「どういう訳か百文と十二文だったよ」

「それはね……」

おふよは前垂れで洟《はな》を拭うと「音吉は長屋中の人に米を振る舞ったのさ。だけど、米を人にくれるのは縁起が悪いんだよ。竈返《かまどかえ》しを起こすと言ってね。それで、一文で買って貰うことにしたのさ。四文払ってくれる人もいたから、全部で十二文になったんだろうよ」と教えてくれた。

「そうかい。これをきっかけに、巳之吉の所帯が持ち直れば、これ以上のことはないのだが」

徳兵衛は、しみじみと言った。

「大丈夫だよ、徳さん。みのさんは音吉に元気を貰ったから、これからは気張って稼ぐはずだよ」

おふよは徳兵衛を安心させるように言う。

「そうだといいが……」

「どんな子供でも親の役に立つ時があるものだよ」

「おれも、倅が生きていたらなあ」

富蔵はぽつりと口を挟んだ。

「富さん。勘弁しておくれ。悪いことを言っちまった」

おふよは慌てて謝る。

「別に謝ることはねェよ」

そう言ったが、富蔵の顔は寂しそうだった。

富蔵の息子は生きていれば三十になるはずだ。三つの時に罹《かか》った麻疹《はしか》がもとで死んでいる。以来、子宝には恵まれていなかった。

「おろくが死んでも、おれは何んとかやって行けるが、おれが先に死んだら、あいつはどうするのかなあ。親きょうだいもいねェしよう」

富蔵は今から心配している。

「おつがさんに、これからのことを占って貰ったらどうだえ」

おふよは、ふと思い出して言った。富蔵は、つかの間、その気を見せる表情になったが、

「いや、それはよしにしよう」と応えた。

「どうしてさ」

「先のことを知るのは恐ろしいよ。何んとかなると思っていれば、何んとかなるもんだし」

「そうだ、そうだ。先のことを心配しても始まらないよ」

徳兵衛も相槌を打った。

「あたしはねえ、うちの人が死んだら、下の倅と一緒に住むだろうと、おつがさんに言われたよ」

おふよは低い声で言った。

「まあ、良ちゃんは、このままで行くと上方の店の番頭に収まりそうだからね」

おふよの長男の良吉《りょうきち》の人柄から考えても、そうなるだろうと予想がついた。如才なく客の気を逸《そ》らさない良吉は番頭としての器量もある。

「ところが、直吉《なおきち》の女房とあたしは、うまく行かなくて、結局は独り暮らしになるそうだ」

おふよはため息交じりに言った。直吉は次男坊の名前だった。まだ女房のにょの字もない独り者である。おふよは今からいらぬ心配をしていた。

「ほれみろ。だから先のことなんざ、知らない方がいいんだよ。おふよ、お互い独り身になったら、一緒に暮らそ？」

富蔵は慰めるつもりで言ったのだろうが、おふよは、きッと富蔵を睨んだ。

「冗談じゃない。破《や》れ鍋《なべ》にとじ蓋《ぶた》って寸法かえ？　痩《や》せても枯れても、このおふよ、人の情けに縋って生きるなんざ、まっぴらだ！」

「よッ」

徳兵衛は半畳《はんじょう》を入れた。

「ちょっと、お愛想に言っただけじゃないか。全く……」

富蔵はぶつぶつ言って猪口の酒を呷《あお》った。


喜兵衛店の木戸の鍵を掛けに行った時、音吉は門口《かどぐち》に凭《もた》れて、ぼんやり立っていた。

「どうしたね。まだ寝ないのか。夜も更《ふ》けたよ」

「お父っつぁんが、まだ帰《け》ェって来ねェのよ」

おおかた、仲間と、どこぞで飲んでいるのだろうと徳兵衛は思った。

「仕方がないねえ。また木戸を開けに来るのも面倒だから、わしも少し待ってやるか」

徳兵衛は鷹揚《おうよう》に言って、門口の傍にしゃがんだ。

「どうだ？　子供相撲が終わってから、お前の人気は大したものだろう」

「へ」

音吉は大人のような表情で苦笑した。

「長屋のかみさん達は、おいらが米を分けてから親切になったわな」

「そうだろう、そうだろう」

「洗濯もやってくれる」

「よかったじゃないか」

「それだけじゃねェんだぜ。番太《ばんた》（木戸番小屋）の店に行くと、前なら、また何かくすねに来たなって、あの親仁《おやじ》は怒鳴るくせに、今は好きなのを持って行け、だと」

「お前はそれが不満なのかい」

「不満じゃねェが、何んだかこう、きまりが悪いって言うか、居心地が悪いって言う
か……妙な気分なのよ」

「お前が手柄を立てたから、皆んな、嬉しいのさ」

「相撲に勝ったのはまぐれよ。今度、あいつと立ち合ったら負けるよ」

「そうだな。だが、あの時は天がお前に味方したんだ。おっ母さんがいなくても元気
に暮らしているお前に、天の神さんはご褒美《ほうび》をくれたのさ」

「本当か、大家さん」

「ああ、本当だとも。だから、これからは悪さをせず、いい子になることだ」

「へ、決まり切ったことを言うよ」

　音吉は照れてそう言ったが、嬉しそうな表情だった。

にゃんにゃん横丁に渋いうた声が聞こえてきた。

〽潮来《いたこ》出島の真菰《まこも》の中に
　あやめ咲くとは　しをらしや……

「お父っつぁんだ」

音吉の声が弾んだ。

「こいつは大家さん」

巳之吉は徳兵衛を見て頭を下げた。

「音吉はずっと待っていたんだよ。早く寝かせておくれ」

「あい。すまなかったな、音」

巳之吉は音吉の肩を抱いて言った。音吉は安心したように笑った。

二人が中に入ると、徳兵衛は木戸を閉め、鍵を掛けた。喜兵衛店は巳之吉の家だけに灯りが点《つ》いていた。だが、間もなく、その灯りも消えるだろう。

徳兵衛は、にゃんにゃん横丁を抜け、自宅のある東平野町へ向かった。まだら猫の子供達も眠ったことだろう。仔猫達はじゃれ合ったり、前足を踏ん張って伸びをしたり、可愛い仕種を住人達に見せるようになった。

巳之吉が口ずさんでいた「潮来節」が、つい口許を衝いて出る。巳之吉には到底及ばない塩辛声だ。もう少し、いい喉を持って生まれたら、世の中はおもしろかろうと徳兵衛は思う。

町内はまだ、子供相撲の話で持ち切りだった。来年も是非やってくれと、人々は相模屋弘右衛門に言うそうだ。だが、終わってみれば、莫大《ばくだい》な掛かりになったという。準備も大変だった。

「弁天湯の孫がなあ、巳之吉の倅がなあ」と、毎日のように言っていた隠居は、その年の夏が終わると、ひっそりと息を引き取った。

来年の子供相撲が開催される見込みは心許ない。とは言え、子供相撲は相模屋弘右衛門にとって、一世一代の親孝行、父親に対する恩返しだったことは紛れもなかった。

菩薩

一

盂蘭盆《うらぼん》が近い深川は、あちこちで草市《くさいち》が立っている。浄心寺《じょうしんじ》、霊巌寺《れいがんじ》、法禅寺《ほうぜんじ》、雲光院《うんこういん》など、多くの寺が周りにある山本町の通りも草市で賑《にぎ》わいを見せていた。草市では蠟燭《ろうそく》や線香、盆提灯《ぢょうちん》の他、精霊棚《しょうりょうだな》に使う蓮《はす》の葉、ほおずき、瓜《うり》、茄子《なす》、素麵《そうめん》も売られている。精霊棚は、特に盂蘭盆の期間に設《しつら》える祭壇だった。

江戸では、仏壇をそのまま盂蘭盆の祭壇とするのは略式とされ、ちょっとした家は、どこも精霊棚を用意する。台の上に真菰《まこも》を敷いて前に垂らし、周囲に青杉葉で籬《まがき》を巡らす。さらに四方に葉つきの青竹を立て、菰縄《こもなわ》を張り、そこにほおずき、ひょうたん、稲穂、素麵などで飾りつけをする。でき上がった精霊棚に先祖の位牌《いはい》を安置し、供え物をするのだ。

精霊棚は十三日に設えるのが慣例なので、どこの家の女房も大忙しである。にゃんにゃん横丁の喜兵衛《きへえ》店《だな》の大家を任されている徳兵衛《とくべえ》の家も、女房のおせいと長男の嫁のおふじが近所の大工に作って貰《もら》った精霊棚に位牌を運んだり、供え物をしたりと、朝からくるくると動き回っていた。

　精霊棚の始末をつけたら土間口前で迎え火を焚《た》かなければならない。翌日は檀那寺《だんなでら》から僧侶《そうりょ》が盆参りに訪れる。十五日は寺で盂蘭盆会《え》が催されるので、僧侶達は、その前に慌《あわ》ただしく檀家廻りをしてお布施をせしめる魂胆だ。また、この時期、無縁仏の回向《えこう》をする施餓鬼会《せがきえ》も行なわれる。そのために米や銭の喜捨を求めて願人坊主《がんにんぼうず》も市中を走り回っていた。

　徳兵衛は、いつまで待っても昼めしが出てこないので、近所で蕎麦《そば》でもたぐろうと外に出た。

　年中行事だから仕方のないことだが、徳兵衛は、つい舌打ちが出る。ほくそ笑んでいるのは寺の僧侶達と草市の物売りだけとしか思えなかった。

近所の蕎麦屋は、徳兵衛のように昼めしの当たらない亭主達で結構、混雑していた。

そそくさと蕎麦を食べ終えると、徳兵衛は、その足でにゃんにゃん横丁の自身番に向かった。

自身番では書役《かきやく》の富蔵《とみぞう》が握りめしを頬張《ほおば》っているところだった。

「富さん、今、昼めしかい」

徳兵衛は蕎麦臭いげっぷを洩《も》らして訊《き》いた。

「嬶《かか》ァの奴《やつ》、忙しいからって弁当を持たせたのはいいが、梅干しの塩むすびだけよ。味気ねェったらありゃしねェ」

「握りめしを拵《こしら》えて貰えるだけでも上等だ。わしなんざ、傍《そば》にいることも忘れられていたよ。仕方がないから蕎麦をたぐってきたのさ」

「おれもどうせなら蕎麦にすりゃよかったな。徳さん、茶を淹《い》れてやろうか」

「ああ、すまないねえ」

富蔵は口をもぐもぐさせながら急須に湯を注いだ。狭い自身番は閉め切ると蒸《む》し風《ぶ》呂《ろ》のように暑い。だから、近頃は油障子を開け放している。自身番の座敷からは通りを忙しそうに行き交う人々の姿が見えた。

「はい、ごめんなさいよう。こちとら急いでいるんだから、どいておくれよう」

甲高い女の声が聞こえたと思った途端、女髪結いのおもとが商売道具の入っている台箱《だいばこ》を携え、すばやく自身番の前を通り過ぎた。台箱の横に括《くく》りつけている元結《もっとい》の束が吹流しのように、ひらひら翻《ひるがえ》っていた。

「おもとさんは相変わらず元気だねえ」

徳兵衛は茶を飲みながら言う。おもとの家もにゃんにゃん横丁にある。喜兵衛店の門口《かどぐち》の真向かいにある家だった。

「盆の忙しい時でも髪を結う女房がいるのかねえ」

握りめしを包んでいた竹皮を両手で捻《ねじ》ると富蔵は不思議そうに言う。

「そりゃいるだろう。客の多い家の女房なら、そそけた頭はしていられないからね」

徳兵衛は訳知り顔で応《こた》えた。

「あの様子じゃ、おもとさんは盆の用意もできないねえ」

富蔵は人の家のことを妙に気にする。

「ま、おもとさんは年がら年中忙しいし、民蔵《たみぞう》は、仏《ほとけ》、ほっとけの口だから、盆も彼岸も知らん顔で通しているよ。ところで、民蔵は、この頃さっぱり見掛けないが、どうしているんだろうね」

徳兵衛は、ふと思い出したように言った。

民蔵はおもとの亭主の名だった。

「どこかで飲んだくれているんだろう。困ったもんだ」

富蔵は、そっとため息をついた。民蔵は、いつも酒に酔ってくだを巻いている男だった。元は名のある絵師の弟子だったが、何か不始末を起こして破門されたらしい。民蔵が酒浸りになったのは、それからだという。

普段の民蔵は子供の下駄《げた》の台に水車小屋だの、山寺だの、ちょっとした絵を入れる内職をしていた。おもとが婚礼の仕度を頼まれた時、民蔵も一緒に行って、花嫁の化粧《けわい》をすることが何度かあった。絵師だから眉《まゆ》を引いたり、紅を刷《は》いたりするのがうまいのだ。その時は花嫁の実家から民蔵にも祝儀《しゅうぎ》が出る。だが、銭を持つと民蔵はすぐに居酒屋に走り、足腰立たなくなるほど酔っ払う。夫婦喧嘩《げんか》は、いつも酒が原因だった。

おもとは気丈な女だし、手に職を持っているので、亭主に対してもへいへいなんてしない。

出て行けと怒鳴るのは、いつもおもとの方だった。もっとも、おもとの家は、おもとの母親が建てたものだから、そう言うのも無理はない。民蔵も男だから女房に謝ったりしない。ぷいっと出て行き、二、三日帰らなかった。実の姉が本所にいるので、そちらに身を寄せるのだ。実の姉だって飲んだくれの弟に何日もいられたら迷惑だ。嫌味のひとつも言うだろう。持て余されて、民蔵は渋々、家に舞い戻る。そんなことが何年も繰り返されていた。

ひと月前に、いつものように夫婦喧嘩が始まり、いつものように民蔵は家を飛び出した。だが、今回は、一向に民蔵が戻る様子はなかった。

「髪結いの亭主とは、よく言ったものだ。なまじ女房に稼ぎがあると、男は怠《なま》けたがるもんなんだねえ」

富蔵は、そんなことを言う。

「そうだねえ」

徳兵衛も相槌《あいづち》を打った。

「この先、どうなるんだか。いっそ離縁した方がいいのじゃないかい」

富蔵は人のことだと思って簡単に言う。

「子供が四人もいるんだ。飲んだくれのててい親でも、いないよりましだと思うがね」

「そうかな」

富蔵は首を傾《かし》げた。喧嘩ばかりしていても、民蔵とおもとは十二の娘を頭に四人の子供をもうけている。

夫婦はつくづくわからないものだと徳兵衛は思う。

「おや、二人ともいたね」

おふよは、にッと笑って自身番に入って来た。おふよは喜兵衛店の店子《たなこ》で、徳兵衛と富蔵の幼なじみである。

「ああ、暑い、暑い。赤飯を炊《た》いて、煮しめを拵えたら、汗だらけになっちまったよ。これ、少しだけど」

おふよはそう言って、二人の前に重箱の包みを二つ差し出した。

「ありがとよ。だけど、どうせなら、もう少し早く持ってきてくれたらよかったのに」

徳兵衛は恨めしげに言った。途端、おふよは気分を害し「何んだよ」と毒づいた。

「昼めしにしたかったんだよ」

「誰が汗だらけになってあんた等の昼めしを拵えるってさ。これは仏壇に供えて貰うためだよ。あんた等のおかみさんも、それぞれに拵えるだろうが、人の拵えたもんは、また別だと思って、わざわざ持ってきてやったのに」

「わ、悪かったよ、おふよ。これはありがたく頂戴《ちょうだい》するから」

徳兵衛は慌てて謝った。

「おふよ、喉《のど》が渇いただろ？　茶を淹れるよ」

富蔵もおふよの機嫌を取った。

おふよは茶を飲んで落ち着くと「ちょっと聞いておくれよ」と、二人の顔を見た。

「泰《たい》ちゃんが、この間、魚屋から鮪《まぐろ》のアラをたくさん貰ったとかで、あたしの所にもおすそ分けしてくれたんだよ。うちの人、あれをヅケ（たまり醤油《じょうゆ》に漬けたもの）にして白いごはんにのせて食べるのが好きなんだよ。泰ちゃんは鮪が苦手だから、もっぱらるりの餌《えさ》にしているそうだ」

泰ちゃんとは、喜兵衛店の店子の泰蔵のことだった。三好《みよし》町の材木問屋に勤めていて、女房と別れた後は独り暮らしをしている。るりは泰蔵が飼っている白い猫の名だった。

「鮪が猫の餌とは豪勢だなあ」

徳兵衛は感心して言う。鮪は下魚だが、それを好物にする者が、近頃は増えている。徳兵衛も嫌いではなかった。

「るりの奴、普段は汁掛けめしか、おかかをまぶしたものだけしか食べていなかったから、よほどおいしかったんだろうね。うまいうまいって言ったんだよ」

そう言ったおふよに、徳兵衛は「おふよ、話が大袈裟《おおげさ》だよ。猫がうまいうまいと言うものか」と、呆《あき》れた声を上げた。

「うそだと思うだろ？　だけど、泰ちゃんが、るりに鮪をやる時、あたしを手招きしたんだよ。こう、おふよさん、よく聞きなってね。そうしたら、本当にるりは喋《しゃべ》ったんだよ。うまいうまい、鮪、うまいって」

徳兵衛と富蔵は顔を見合わせた。信じられなかった。

「鮪まで喋ったのかい」

富蔵は、ぐっと身を乗り出して訊く。三人は、るりが泰蔵のことを「ちゃん」と呼ぶのは知っていたが、まさかそこまで言うとは思ってもいなかった。

「泰ちゃんには、そう聞こえているようだよ。あたしはそこまで聞き取れなかった。だけど、うまいうまいは確かに聞いたよ。可愛《かわい》い声だったよう」

徳兵衛は驚きで言葉に窮した。そんなことがあるのだろうか。畜生がものを喋るなどと。

だが、富蔵は「昔、八丁堀の旦那《だんな》がおっしゃったことを、ちょいと思い出したよ」と、しばらくしてから口を開いた。

「何さ」

おふよは二杯目の茶を勝手に自分で淹れながら訊く。徳兵衛は慌てて、わしにも、と催促した。

「牛込《うしごめ》の方に住んでいるお武家が、長いこと猫を飼っていたそうだ。十年以上も飼っていたから、その猫もかなりの年だった。いつも主人の近くにおとなしく座って、あまり外には出かけなかったらしいよ。ある日、主人が書見《しょけん》をしていた時、庭に雀《すずめ》がやって来た。猫は縁側の板の間に、いつものように座っていたそうだ。だが、年寄りでも猫は獲物を見れば黙っちゃいない性分だ。そっと足音を忍ばせて庭に降りたんだよ。狙《ねら》いをつけて飛び掛ろうとした時、雀は一瞬早く飛び立った。するとね、その猫は『残念』と呟《つぶや》いたらしい。主人は心底驚き、猫の首根っこを摑《つか》まえると、脇差《わきざ》しを抜いて、猫の喉許に突きつけたんだ」

畜生の分際で言葉を喋るとは奇怪なり、貴様は化け物かと、主人は憤《いきどお》った声を上げた。猫は「今まで、ものを言うことはなかったものを」と、子供のような声で応えた。主人が驚くので、ものは言わなかったということなのだろう。主人の手が僅《わず》かに弛《ゆる》んだ隙《すき》を衝《つ》き、猫はするりと逃げた。そのまま行方知れずになったという。

「恐ろしい話じゃないか。まるで怪談だ」

徳兵衛は富蔵の話に身を震わせた。

「猫は、もともと喋るってことかえ。人間様がびっくりするから黙っているのかえ。そんな馬鹿《ばか》な」

おふよも怪訝《けげん》な表情で言う。

「それが本当なら、るりはずい分、不用意じゃないかい。うまいうまいと平気で喋ったんだから」

徳兵衛は、るりのことが納得できない。

「るりは生まれて、まだ一年ほどしか経《た》っちゃいない。猫の掟《おきて》を知らないんだよ」

富蔵が口を挟む。呑気《のんき》な解釈におふよは噴き出した。

「富さんは長生きするよ。さてと、お盆の仕度はできたから、おもとさんに、ちょいと頭を撫《な》でつけて貰おうかな。今晩、下の伜《せがれ》がやって来るのさ」

おふよは腰を浮かして嬉《うれ》しそうに言った。

ものを言う猫の話はそれで仕舞いになったようだ。

「まるで間夫《まぶ》（恋人）と逢引《あいびき》でもするようだよ」

徳兵衛はからかう。

「そ、可愛くて可愛くてならないのさ。頭がそそけていようものなら大変なんだよ。もっときちんとしろって小言が出るのさ。この間は下駄を買ってきてくれたんだよ。ちびた下駄は貧乏臭いってね。ありがたいよ、伜は」

おふよは自慢げだ。

「直吉《なおきち》に女房が来たら大変だね」

富蔵は余計なことを言う。おふよは富蔵を睨《にら》んだ。おふよの次男の直吉は日本橋の呉服屋で手代をしている。息子は女房を貰うまでが華だと世間は言う。親孝行な直吉も、そうなったら、おふよより女房が大事に決っている。

「いやなことを言う男だよ、全く。そんなところは昔から変わっちゃいないんだから」

おふよは、むっとした顔で言う。

「おもとさんは忙しそうだったよ。約束をしているのかい」

徳兵衛は心配そうに、おふよに訊いた。

「昨日は八つ（午後二時頃）過ぎたら大丈夫と言ってくれたんだよ」

「そうかい。民蔵はまだ戻っていないようだね」

「それがさあ」

おふよは浮かしかけた腰を元に戻した。

「おもとさん、今度こそ覚悟を決めたらしいよ」

「覚悟を決めるって、離縁するってことかい」

徳兵衛は早口に訊いた。

「ああ。もうたくさんだって。いつか民さんの才が開くことを信じていたけど、その見込みはないようだからって。民さん、絵はやめたとおもとさんに言ったらしいのさ」

「やめたってか……」

徳兵衛の声に嘆息が交じった。このにゃんにゃん横丁に絵師がいることが、徳兵衛には誇らしかったのだ。徳兵衛は以前に民蔵の美人画を見せて貰ったことがある。それはそれは美しい絵だった。

「徳さん、民さんが師匠から破門を喰らった訳を知っているかえ」

おふよは沈んだ表情の徳兵衛に訊いた。

「いいや。酒じゃないのかい」

「違う！」

おふよは強い口調で否定した。

「民さんの師匠ってのは、若い頃は板元《ばんもと》が描いてくれろと矢の催促で、ろくに寝る暇もないほどの売れっ子だったらしい。その師匠を慕って弟子が詰め掛け、今じゃ百人以上にもなるそうだよ。民さんはその中でも古参で、師匠も大いに目を掛けていたんだよ」

「それがどうして」

富蔵は呑《の》み込めない顔でおふよを見た。

「絵師に限らず、職人は絶えず精進していなきゃ腕が鈍るんだよ。師匠は、手前《てめ》ェが楽をしたいがために、民さんに代筆をさせていたんだよ。民さんが描いた絵に師匠の落款《らっかん》を入れて売り出すんだ」

「そういうこともあるだろうなあ」

弟子なら、師匠に逆らえないと徳兵衛は思う。

「納得ずくなら民さんも了簡《りょうけん》しただろう。ところがその師匠は、民さんが書き溜《た》めていた絵をこっそり持ち出して、さも手前ェが描いたもののように板元に渡しちまったのさ」

「どうして、そんなことを」

富蔵は憤った声で訊いた。

「決まっているじゃないか。師匠は描けなかったからさ」

おふよは皮肉な表情で応えた。

「それで民蔵は堪忍袋《かんにんぶくろ》の緒が切れて師匠の所を飛び出したんだな」

徳兵衛は低い声で言う。おもとと一緒になったのは、その後だった。おもとが得意先の商家のお内儀の髪を結いに行った時、民蔵も店の看板を頼まれて、偶然、その店にいたという。初対面なのに、妙に気が合い、間もなく二人は一緒になった。と言っても、当時、母親と住んでいたおもとの家に民蔵が転がり込んだ形である。おもとの父親は、おもとが赤ん坊の頃に死んでいた。それから母親は女手ひとつで、おもとを育てたのだ。

「おもとさんも最初の内は黙って見ていたのさ。そりゃあ、無理もなかろうってね。だけど何年経っても、民さんは立ち直らない。おもとさんだって、いらいらするよ。とうに愛想が尽きていたんだよ。だけど、子供が四人もいるし、おもとさんの母親は民さんを倅のように思っていたから、おもとさんは、母親が生きている内は我慢しようと思っていたのさ」

その母親が三年前に死ぬと、おもとは、もはや我慢する必要はないと思うようになったらしい。

おふよの話から、おおよその事情が察せられた。

「それで民蔵は、今でも本所の姉さんの家にいるのかい」

徳兵衛は気になって、おふよに訊いた。

「らしいよ。その内、おもとさんは本所に行ってけりをつけるだろう」

「そうかい……」

徳兵衛はやるせないため息をついた。

「おや、こうしちゃいられない。日が暮れる」

おふよは我に返ったような顔で言うと、そそくさと自身番を出て行った。

二

迎え火の後始末が気になる。徳兵衛は木戸番の番太郎に、きつく火の用心を言いつけた。

夜の四つ（午後十時頃）に喜兵衛店の門口は鍵《かぎ》を掛けることになっている。徳兵衛はそれより小半刻《こはんとき》（約三十分）も早く家を出て、喜兵衛店ばかりでなく、近所の様子を見て廻った。

門口の鍵を掛けた時、にゃんにゃん横丁に辻駕籠《つじかご》が入って来て、おもとの家の前で止まった。

（こんな時分に誰だろう）

訝《いぶか》しい思いで見ていると、後から土地の岡っ引きの岩蔵《いわぞう》とおもとがやって来た。おもとは今しも泣きそうな表情だった。

「どうしたね、親分」

徳兵衛は岩蔵に声を掛けた。

「ああ、大家さん。戸締りかい？　ご苦労さん」

岩蔵は足を止めて応えた。おもとは徳兵衛のことなど眼に入らない様子で、まっすぐに駕籠の傍へ行った。家の土間口の戸が開き、長女のおゆり、長男の筆吉《ふできち》、次女のおていつが一斉に顔を出した。一番下の次男の与吉《よきち》は眠ってしまったのか、そこにはいなかった。

子供達は口々に「お父っつぁん」と切羽詰まった声を上げた。駕籠に乗っていたのは民蔵のようだ。

「民蔵が戻って来たんですか」

「ああ。酒毒が崇《たた》って倒れたのよ。本所の姉が昼間に使いをよこしたらしい。おもとさんは、おれに一緒に行ってくれと頼んだのよ。向こうに行くと、民蔵の奴、げっそりと痩《や》せて、見る影もなかったよ。医者も長くないと言ってるようだ」

「それで、おもとさんが引き取ってきたという訳ですね」

「本所の姉は、おもとさんのことを考えて、手前ェで看病するつもりだったのよ。ところがおもとさんは家に連れて帰ると言って聞かなかったのさ。先が長くないのなら、子供達の顔が見える所に置いた方がいいってね」

岩蔵は感心したような口調で言った。

「親分」

おもとは縋《すが》るような声を掛けた。その時、おもとは傍にいた徳兵衛にようやく気づいた様子で、ひょいと小腰《こごし》を屈《かが》めた。徳兵衛も慌てて返礼した。

「あいよ。今、行くよ。大家さん、悪いが、あんたも手伝ってくれ。民蔵を家ん中に運ばにゃならねェ」

岩蔵はそう言った。徳兵衛は「わ、わかった。手伝うよ」と応えた。

民蔵は一人で歩けなかった。駕籠舁《か》き二人が民蔵の腕を取り、徳兵衛と岩蔵は足を持った。茶の間と続いている奥の間に蒲団《ふとん》が敷かれていた。四人の男は、そこへ民蔵を運んだ。

「すまなかったねえ。お蔭《かげ》で助かったよ」

おもとは二人の駕籠舁きに礼を言うと、手間賃の他に酒手《さかて》をつけた。駕籠舁きは気の毒そうな顔をして帰って行った。

民蔵は青黒い顔をして、人相もすっかり変わって見えた。おゆりは「お父っつぁん」と声を掛ける。民蔵は喋るのも大儀そうだったが「おゆり、会いたかったぜ」と、応えた。

途端におゆりは、わっと泣き出した。それにつられて他の子供達も泣く。

「ささ、お父っつぁんは帰って来たから安心おし。夜も遅いから、話は明日だ。皆、二階に上がって寝ちまいな」

おもとは、さばさばした口調で子供達に命じた。

「お休みなさい」と言いながら、子供達は未練ありげに二階へ上がって行った。

「お前さんも疲れただろ？　ぐっすり眠ることだ。何かほしい物はないかえ」

おもとがそう訊くと、民蔵は水が飲みたいと言った。おもとは厨《くりや》の水瓶《みずがめ》から水を持ってくると民蔵に飲ませた。それが済むと、民蔵は眼を閉じた。

「親分、大家さん。ご心配掛けて申し訳ありません。どうぞ、そちらへ」

おもとは茶の間に二人を促すと、民蔵の寝ている部屋の襖《ふすま》を閉めた。

おもとは二人の前に湯呑《ゆのみ》を置くと、一升徳利の酒を注いだ。

「おもとさん、酒なんざいいよ」

徳兵衛は慌《あわ》てて断った。

「ちょいとつき合って下さいな。あたしも今夜は飲まなきゃいられないから」

おもとはそう言って、三つの湯呑に酒を注いだ。

「民蔵が倒れたことは知らなかったのかい」

徳兵衛はひと口、湯呑を啜《すす》って訊いた。

「ええ。本所のお義姉《ねえ》さんは、あたしに気を遣って黙っていたんですよ。でも、いよいよ具合が悪くなったんで、慌てて使いを寄こしたんですよ。いつかはこうなるだろうと思っていましたけどね、うちの人の顔を見たら、何んだか可哀想《かわいそう》で……」

おもとはそう言って、袖《そで》で口許《くちもと》を押さえた。

苦い酒だった。民蔵の心の傷と、おもとの哀《かな》しみが溶け込んでいるような。

「民蔵が師匠の所を飛び出した事情は、おふよから聞いたよ。民蔵が酒に溺《おぼ》れる気持ちもよくわかるよ」

徳兵衛はおもとを慰めるように言った。

「うちの人は、腕さえありゃ、師匠の力がなくてもやって行けると思っていたんですよ。あたしもそう思っていた。だけど、世の中はうまく行かないものですよ。師匠あっての弟子だから、板元は師匠に遠慮して仕事を回してくれなかったんです。師匠の名前が入ったうちの人の絵を絵双紙屋で見る度、あたしは肝が焼けて仕方がなかった。うちの人は、なおさら悔しい思いをしていたでしょうよ。だけど、うちの人は心が弱いんです。何くそと踏ん張れなかった。挙句がお酒だったんです。たとえ、師匠の所にそのまいたとしても、その内、何かあればこうなったでしょうよ」

　おもとは諦《あきら》めた口調で言う。

「民蔵は、ついていなかったんだよ」

　徳兵衛が言うと、岩蔵も「だな」と相槌を打った。

「あたしはねえ、手前ェで言うのも何んだけど、へこたれない女なんですよ。おっ母さんも同じ商売をしていたけれど、自分の所にいるより、よそで修業した方がいいと考えて、日本橋の髪結い職人の所にあたしを預けたんです。そりゃあ、口では言えないほど辛《つら》いことがありましたよ。だけど、ここで尻尾《しっぽ》を巻いて逃げ出したんじゃ、女がすたると思って踏ん張った。もっとも深川に帰る舟賃がなかったせいもあったけど」

　おもとは冗談に紛らわせて苦労話を語った。

「そいじゃ、さぞかし民蔵には歯がゆい思いをしていただろうね」

　徳兵衛はおもとの気持ちを考えて言う。

「ええ、もちろん。でも、こうなってみると、手前ェができることが、人もできると考えるのは間違いだったと思うの。人はそれぞれに持って生まれた気性があるし、踏ん張りどころが違いますからね。まして、うちの人は絵師だ。人の髪をやっつけて手間賃を貰うという商売じゃない。絵が描けるまで、じっくり時間を掛けることだってある。それをあたしは、どうしたどうしたと始終、急《せ》かしてばかりだった。悪い女房でしたよ」

新たに湧《わ》き出た涙を、おもとは袖で拭《ぬぐ》う。

「おもとさんが悪いんじゃないよ。むろん、民蔵だって」

岩蔵は、ぽつりと口を挟んだ。

「ありがとうございます、親分。そう言っていただけると、あたしの気も楽になります。別れようって、いつも考えていました。子供は、あたしが稼げば何んとか食べさせられる。でも、できなかった。どうしてだと思います?」

おもとは徳兵衛と岩蔵の顔を交互に見ながら試すように訊く。

二人は黙ったままだった。夫婦の事情は他人にわかるはずもない。

「うちの人の描く絵が、あたしは心底好きだったからなの」

おもとはそう言って、耐え切れずに大粒の涙をこぼした。

「民蔵の絵の一番の贔屓《ひいき》はおもとさんだったのだね」

徳兵衛は得心したように言う。それがのろけでなくて何んだろう。だが、徳兵衛も岩蔵も笑えなかった。

夫婦とは惚《ほ》れて惚れられて一緒にいるだけでなく、普段は忌《い》み嫌いながら仕方なく一緒にいることもある。そんな二人を繋《つな》ぎ留めるものは、他人には窺《うかが》い知れない。おもとにとって、それは民蔵の絵師としての腕だった。その腕を信じていたために、おもとは民蔵に見切りをつけられなかったのだ。

「もう、迷うことはないよ。覚悟を決めて最期《さいご》まで民蔵の面倒を見ることだ。幸い、おゆりちゃんもついている。心配することはないだろう。手が足りなきゃ、いつでも言っておくれ。力になるから」

徳兵衛はそう言った。おもとは泣きながら何度も頭を下げた。

三

草市の露店が、それとわかるほど減った。

おおかたの人々は盆の仕度を終え、それぞれに先祖の供養《くよう》をしている。目先の仕事に追われていた者が、慌てて盆の買い物に出るが、草市の露店に並ぶ品物は、もはや残り物だけだった。

その残り物を求める客の中に、おもとの姿もあった。おもとは仕事にけりをつけ、ようやく仏壇の世話をする気になったらしい。心なしか、おもとの表情は沈んで見えた。

にゃんにゃん横丁の自身番では、徳兵衛と富蔵、それに岩蔵が顔を揃《そろ》えて世間話に花を咲かせていた。その中には民蔵の話題が多かった。

「民蔵の奴、こっちに戻って来て、落ち着いた様子だよ。昨夜《ゆうべ》と違って、ずい分、顔色もよかったよ」

岩蔵は、ほっとしたように言う。

「そうですか。昨夜は、もはや棺桶《かんおけ》に片足を突っ込んだみたいでしたからね。いや、わしも安心した」

徳兵衛は嬉《うれ》しそうに笑った。

「親分、民蔵は長くないそうだが、どれぐらい持ちそうなんで？　正月まで大丈夫ってことですか」

富蔵は心配そうに訊く。

「さあてな。寿命なんてわからねェもんだから、いついつまでとは決められねェが、本所の医者は短くて三月《みつき》、長くて半年と言っているそうだ」

「民蔵はまだ四十二ですよ……あちゃあ、厄年だ」

富蔵は突然気づいて、素っ頓狂な声を上げた。

「四十二は若過ぎるな、幾ら何んでも」

徳兵衛は暗い声で言った。岩蔵は徳兵衛に肯《うなず》くと、民蔵の話を続けた。

「一番上の娘が、おっかねェ顔で、お父っつぁん、金輪際、酒を飲んじゃならないよと言ったそうだ。民蔵は情けねェ顔で、めしも喰えねェのに酒の出番があるかよと応えたらしい。餓鬼はありがたいやね。親父《おやじ》が飲んだくれだろうが、仕事をしなかろうが、皆、慕っているよ。民蔵は、あれで餓鬼どもには一度も手を上げたことがねェらしい」

「一度も？」

徳兵衛は信じられない顔で岩蔵に訊く。徳兵衛の子供達が小さかった頃、げんこを張らなかった日はなかったからだ。

「ああ。民蔵は、餓鬼どもには優しいもの言いをするんだと。おもとさんは苦笑いして言っていたよ。だから、餓鬼どもは母親より、民蔵の方になついているらしい」

岩蔵はおもしろそうに応えた。

「何んとか持ち直してくれるといいのだが」

徳兵衛は、ため息をついて言った。

岩蔵は徳兵衛の顔をしみじみ見つめながら相槌を打った。

「だな」

翌十五日は送り火を焚き、盂蘭盆はまたたく間に過ぎた。

仙台堀の水辺に腐り掛けた瓜や茄子が漂っている。精霊棚の供え物を流した残骸《ざんがい》である。

盂蘭盆の後は、どこからら寂しい気分がすると、供え物の残骸を見ながら徳兵衛は思う。しかし、二、三日もすると町はいつもの表情を取り戻していた。

にゃんにゃん横丁では、野良猫のまだらが産んだ五匹の仔猫《こねこ》の姿が目につく。おもとの子供達は外に出て仔猫達とじゃれ合っていた。母親のまだらは少し離れた所に座って、黙って見ている。仔猫に害を及ぼす人間か、そうでないかを、まだらはちゃんと心得ているのだ。

泰蔵が飼っているるりは、そのまだらが産んだ猫でもある。るりが喋るのだから、まだらだって、その質があるかも知れない。傍に人がいない時、徳兵衛はそっとまだらに囁《ささや》いた。

「お前さんも何か喋るのかい」

だが、そう言った徳兵衛を、まだらは不思議そうに見つめているだけだった。

耳鳴りのような蟬時雨《せみしぐれ》の代わりに、夜になると虫の音が聞こえるようになった。日中は、まだまだ暑いが、虫の声を聞くと、徳兵衛は途端に季節が秋に移るのを感じた。日暮れも心なしか早くなった。自身番でぐずぐずしている内に外は藍玉《あいだま》を溶かしたような闇《やみ》が迫ってくる。

富蔵は用事があるからと、ひと足先に帰っていたので、自身番には岩蔵と徳兵衛が残っていた。

「ちょいとお頼み申しやす」

聞き慣れない男の声がして岩蔵が戸を開けると、四十がらみの男が風呂《ふろ》敷包《しきづつ》みを提げて立っていた。この辺りで見掛けない顔だが、お店者《たなもの》とも思えない。渋い縞《しま》の単衣《ひとえ》は着流しで、献上博多の帯を締めている。帯に括られている莨入《たばこい》れも唐織《からおり》の上等の品だった。

「英民《えいみん》さんの家をご存じでしょうか。確かこの辺りと聞いていたんですが」

男は岩蔵を見て、気後れしたような顔で訊いた。

「えいみん？　ちょいと聞かねェ名前《なめ》ェだな」

岩蔵は仏頂面《ぶっちょうづら》で応える。

「いえ、英民は名前ではなくて表徳《ひょうとく》（雅号）ですよ。えと、何んて言ったかなあ、民助だったか、民吉だったか……」

男は額に手をやって考える。

「民蔵かい？」

察しよく岩蔵が言うと、男は「そうです、そうです、民蔵です」と肯いた。

「民蔵は病で床に臥《ふ》せっているよ。お前ェさんは誰だい？」

岩蔵は値踏みするような眼で男に訊いた。

「申し遅れました。わたしは以前、英民と一緒に絵の修業をしていた者です。善助《ぜんすけ》と申します。表徳は英善《えいぜん》です」

男は得意そうに言ったが、岩蔵は表徳など聞いても仕方がないという表情で「民蔵の家は、まっすぐ行って、左手の小路を入るんだ。裏店の門口の真向かいだよ」と、身振りをつけて男に教えた。

「ありがとうございます。助かりました。それで英民は相当に悪いのでしょうか」

男は心配そうに訊く。

「ああ、悪いわな。病人の見舞いだったら、時間を考えて貰わねェと困るぜ」

岩蔵はちくりと嫌味を言った。

「申し訳ありません。日中はわたしも仕事がありましたもので。急いで来たのですが、何分にも芝《しば》からでは道中に手間取りまして」

男は遠慮がちに応えた。男は芝から来たらしい。確かにここまで来るのは時間が掛かるはずだ。

「ま。昔の仲間が見舞いに行ったら、民蔵も喜ぶだろう。慰めてやってくれ」

岩蔵はそう言って、ようやく笑った。

「へい。そいじゃ」

男は何度も頭を下げて、にゃんにゃん横丁へ向かった。

「民蔵の噂《うわさ》を聞いてやって来たんでしょうかねえ。なかなか律儀《りちぎ》な男ですね」

徳兵衛は男が去ると言った。

「だな。民蔵は破門になっているんだから、知らん顔されても仕方がねェだろうが、あいつは、ずっと気にしていたんだろう」

「民蔵は酒さえ飲まなきゃ、人柄のいい男ですから、当時は親しくしていた仲間も多かったでしょうよ」

「酒を断ったら病は治りそうなものだが、駄目かね、大家さん」

岩蔵は縋るような眼で訊く。

「だ、駄目かねって、親分。わしは医者じゃありませんから、応えようがないですよ」

徳兵衛の言葉に岩蔵は深い吐息をついた。

それから用事を思い出したとかで、岩蔵はそそくさと自身番を出て行った。

富蔵がいないので、徳兵衛は喜兵衛店の鍵を掛けるまで、自身番で待つことにした。腹は少し減っていたが、我慢できないこともない。徳兵衛は暇潰《ひまつぶ》しに自身番の前に出て掃除を始めた。

きれいなように見えても、竹箒《たけぼうき》を使えば、洟《はな》をかんだ紙だの、竹串《たけぐし》だの、蟬の抜け殻だの、塵取《ちりと》りにゴミが集った。曲げていた腰を伸ばした時、さっきの善助という男が民蔵の息子の筆吉を伴ってやって来た。その後から、おもとが続く。

「大家さん、こんばんは」

おもとは如才なく挨拶《あいさつ》したが、自身番の灯りに照らされたおもとの眼は赤くなっていた。

「これから、どこかへ行くのかい」

「ええ、筆吉の見送りに。筆吉は絵師の修業をすることになったんですよ」

おもとは嬉しそうに言ったが、その拍子に、ぽろりと涙がこぼれた。

「よかったじゃないか。善助さん、よろしくお願いしますよ」

徳兵衛は男に頭を下げた。

「ええ。おかみさんにも話したのですが、師匠が隠居して、兄弟子が二代目を継いだんですよ。二代目は英民のことを、ずっと気にしておりましてね、病に倒れたと聞くと、わたしに様子を見てこいと言ったんですよ。それで、英民には倅がいたはずだから、その気があるなら、面倒を見ると言ってくれましたもので」

「そうですか。筆吉、お前、絵師の修業をするのかい」

徳兵衛は前髪頭の筆吉に訊いた。筆吉はおもとと違って、張り切った表情をしていた。

「うん。大家さん、おいら、お父っつぁんの分までがんばるよ」

筆吉はけなげに言う。目許《めもと》はおもとに似ているが、頭の形や姿は民蔵と瓜二つだ。民蔵の血を引いているなら、きっと立派な絵師になれるだろう。

「わしも楽しみにしているからね。辛抱するんだよ」

徳兵衛は筆吉を励ますように言った。おもとは舟着場まで二人を送るようだ。三人は急ぎ足で仙台堀へ向かって行った。

徳兵衛は切ない気持ちだった。絵師としてひと廉《かど》の男になるためには、これから辛い修業が待っている。民蔵はそれを知っていながら、敢《あ》えて筆吉を昔の仲間に託したのだ。

安心したのか、不安なのか、民蔵の胸の内は、徳兵衛にはわからない。

だが、その夜の星は、やけに光って見えた。

徳兵衛は思わず、光る星々に掌《て》を打ち、深く頭を下げた。筆吉の行く末を祈らずにはいられなかった。

四

医者の診立てを別にして、民蔵は徐々に回復していった。こけていた頰に肉がつき、血色もよくなった。

民蔵の世話を親身にしていたのは、長女のおゆりと次女のおてつだった。おもとは日中、相変わらず得意先を廻って仕事をしていたからだ。

一膳《いちぜん》めし屋のこだるまに徳兵衛と富蔵が顔を出したのは、筆吉が芝にある絵師の師匠の家に行って十日ほど経《た》った頃だった。

その夜のこだるまは客の入りがよく、小上がりの席も埋まっていた。徳兵衛と富蔵は飯台《はんだい》の隅にようやく腰を下ろした。

こだるまの亭主の弥平《やへい》は向こう鉢巻で魚を焼くのに余念がなかった。

「今夜は大入りだね」

徳兵衛は忙しそうなおふよに声を掛けた。

おふよは夜だけこだるまを手伝っているのだ。おふよの額にも汗が滲《にじ》んでいる。それが八間《はちけん》（大型の吊《つ》り行灯《あんどん》）に照らされて、砂金のように光っていた。

「一年に一度あるかないかの大入りさ。どうした風の吹き回しだろうね」

おふよも面喰らった様子で言う。

「なあに、もうすぐ八幡《はちまん》さんの祭りだから、木場の連中はその打ち合わせの帰りにうちの店に来たのさ。ほれ、泰蔵も巳之吉《みのきち》もいるよ」

弥平は小上がりに顎《あご》をしゃくった。なるほど、男達が声高に話し合っている中に、喜兵衛店の店子の泰蔵と巳之吉の顔があった。

巳之吉は徳兵衛を見て、こくりと頭を下げた。その後で泰蔵も慌てて頭を下げる。

「あまり飲むんじゃないよ。民蔵の二の舞になったら大変だからね」

徳兵衛は、つい小言が出た。

「わかってますって」

巳之吉は笑って応えた。

「民さんのことだけどね……」

およは突き出しの小鉢を徳兵衛と富蔵の前に置いて口を開いた。小鉢の中身は浅《あさ》蜊《り》の煮付けだった。

「具合が悪くなったのかい」

徳兵衛は心配そうにおふよの顔を見た。

「違う違う、その反対。恐ろしく元気になったの」

恐ろしくという言い方もあるものではない。徳兵衛は苦笑した。

「よかったじゃないか」

富蔵はそう言って徳兵衛の猪口《ちょこ》に酌をした。

「よかったんだけどね、おもとさん、何んだか割り切れないような顔をしているのさ」

「どうしてまた」

徳兵衛は怪訝な眼になった。

「今にも死にそうだからって民さんを引き取ったけれど、敵はどんどん調子を取り戻しているんで、当てが外れたみたいだって」

「それじゃ、民蔵が死ぬのを待っているような口ぶりだ。縁起でもない」

徳兵衛は不愉快になった。筆吉を絵師の師匠に託して、もはや気掛かりもなくなったから、おもとは、民蔵のことはどうでもいいのだろうか。

「あの人はさっぱりしているからね。亭主の先が短いと言われて、それならそれで仕方がないと覚悟をしていたのだよ。弔《とむら》いの準備も調《ととの》えて、檀那寺にも知らせてあるそうだ。あたしゃ、ずい分、用意のいい人だと思ったけど、人のことだから余計なことは言わなかったのさ。民さんの具合がよくなったんで、こんなはずじゃないのにって思っているんだろうよ」

おふよは布巾《ふきん》で皿を拭《ふ》きながら言う。

「そんな……」

徳兵衛は呆れて言葉もなかった。

「まあね、今まで亭主の稼ぎを当てにせず、自分一人で何も彼《か》もやってきた人だから、そういう考え方をするようになったのも無理はないけどさ」

おふよも内心では、おもとのやり方に、ついて行けないと思っているらしい。

「おれはそれより、民蔵がまたぞろ酒に手を出さないか心配だよ」

富蔵が口を挟んだ。それが肝腎だと徳兵衛も肯いた。おもとはそっちの方を心配すべきなのだ。

「お酒のことは大丈夫だよ。おゆりちゃんとおてつちゃんが見張っているから。娘の言うことには民さんも素直に従っているよ」

「そうかい」

徳兵衛は安心したように笑った。本当にそうなのだろうか。だが、徳兵衛は民蔵が死ぬのを待っているようなおもとが気になった。

本所から民蔵を連れ帰った時、おもとは徳兵衛と岩蔵に泣きながら胸の内を明かしたではないか。民蔵の絵が好きだから、見限ることはできなかったと。いや、民蔵が本所の姉のところで倒れなければ、おもとは離縁する決心を固めていたふうがあった。それは民蔵が絵をやめたとおもとに告げたからだ。民蔵の身体《からだ》が回復しても絵を描かないのでは、おもとにとって民蔵と一緒にいる意味がなくなるだろう。

徳兵衛は詮《せん》のないことを、つい、くどくどと考えてしまう。

やがて、木場の連中は祭りの成功を祈って一本締めをすると、こだるまを出て行った。

「今年の八幡さんは本祭だ。おれ達も忙しくなりそうだね」

富蔵はそう言ったが、嬉しそうな顔だ。深川の人間で祭りの嫌いな者はいない。

深川八幡宮の祭りで、神輿《みこし》が派手に繰り出すのは本祭の年だけだ。

木場の連中の神輿は、いつも他の神輿を圧倒していた。深川の人々にとって、それは誇りでもあった。当日は見物人が通りを埋めつくすだろう。木場の神輿は山本町の通りを抜け、深川の町々を巡って八幡宮を目指すのだ。

揃いの法被《はっぴ》を着た男達が見物人に清めの水を掛けられる。八幡祭りは別名水掛け祭とも呼ばれた。神輿を担《かつ》ぐ男達と見物人が一体となって祭りを盛り上げる。掛けた水が瞬時に湯気となって立ち昇る様を徳兵衛は脳裏に思い浮かべた。気持ちが弾んだ。

「明日辺り、町役人から呼び出しが掛かるだろうよ。怪我人《けがにん》や迷子が出ないように気をつけなきゃ」

徳兵衛も猪口の酒を飲み干すと、張り切って言った。

木場の川並鳶《かわなみとび》の仕事唄《うた》もぴったり途絶えた。

その代わり、遠くの方から地鳴りのような歓声が切れ切れに聞こえる。木場の連中は皆、祭りで出払っていた。

徳兵衛は神輿が山本町を通る時だけ、自身番の前に出て、知った顔のあれこれに声援を送った。

だが、それが済むと、にゃんにゃん横丁の民蔵の家に戻った。民蔵は宵宮から急に危篤《きとく》に陥ったのだ。

順調に回復していると聞いていただけに、徳兵衛も富蔵も民蔵の俄《にわか》の変化に驚いた。民蔵は夏風邪を引き込み、それが悪化したという。

秋だというのに、家の中は蒸し暑かった。

民蔵の意識は朧《おぼ》ろで、吐く息だけがハーハーと荒かった。子供達は民蔵の周りに座って、じっと父親の顔を見つめていた。そこに筆吉の姿はなかった。おもとに知らせをやったのかと訊くと、ううんと首を振った。

「うちの人、芝に行ったばかりなのに、すぐに筆吉を家に戻すのは修業に差し支えるから、知らせるなって」

おもとは力なく応えた。

「だけど、医者はこの二、三日が山だと言っていたじゃないか」

徳兵衛は納得できずに言った。

「筆吉もある程度、覚悟をして向こうに行ったはずだから、それはいいんですよ、大家さん」

おもとはさり気なく徳兵衛を制した。

「そうかい。あんたがいいなら、わしもうるさいことは言わないよ」

「ちょいと具合がよくなったんで、うちの人、絵を描いていたんですよ。でもね、すぐに根《こん》を詰める人だから、身体に無理が掛かったのかも知れません。そんなところに風邪を引いたものだから、もうどうしようもなくなったんです」

おもとは徳兵衛の視線を避け、民蔵の顔を見ながら言った。

「もう少し、気をつけてやれなかったのかね」

徳兵衛は、そう言わずにいられなかった。

「申し訳ありません、大家さん」

おもとは深く頭を下げて咽《むせ》んだ。

「大家さん、おっ母さんを叱《しか》らないで。おっ母さんは仕事で忙しいんです。お父っつぁんの傍にばかりいられません。お父っつぁんの薬代も馬鹿にならないんです」

おゆりは悲鳴のような声を上げた。

「おゆり……静かに……しろい」

民蔵の口が僅《わず》かに開き、低い声が聞こえた。

「ああ、ごめんなさい、お父っつぁん」

おゆりは涙声で謝った。

「はい、ごめんなさいよ」

土間口から声が聞こえ、おふよが入って来た。

「皆んな、お父っつぁんの看病でお腹《なか》が空いているだろ？　今日はお祭りだ。いなり寿司《ずし》を拵えたんだよ」

おふよの言葉に子供達の顔が輝いた。

「おふよさん、すみません」

おもとが礼を言うと「なあに」と、おふよは自分の顔の前で手を振った。ひじきと麻の実が入った、おふよお得意のいなり寿司である。

「おふよ、わしの分もあるかい」

徳兵衛は慌てて訊く。

「いやしい爺《じじ》ィだね、全く。あるともさ」

おふよの軽口に子供達が愉快そうに、どっと笑った。

「昨夜から油揚げを煮て、大忙しさ。うちの人なんて十《とお》も食べて、腹具合がおかしいだと。当たり前だってんだ」

おふよは重苦しい空気を振り払うように、わざと明るく言う。いなり寿司を頬張る子供達の顔も明るくなった。

「おふよさんは何んでも上手に作りますね。あたしなんて、とても真似《まね》できない」

三角の形のいなり寿司を食べながら、おもとは感心した表情で言った。

「あたしは、日中、暇だからさ。おもとさんこそ、仕事をしながら、よく子供達を食べさせて来たよ」

「いいえ、面倒だから、煮売り屋《にうりや》のお菜《さい》ばかりで」

おもとは恥ずかしそうに言った。

「民さん、あんたも少し食べるかえ」

おふよは民蔵に訊いた。薄目を開けた民蔵は何かもごもご言う。

「酒ならともかく、めしは喉《のど》につっかえるだって」

おもとは苦笑しながら代わりに応えた。

「おや、軽口が利《き》ける元気が残っているよ。まだまだ大丈夫だよ」

おふよは、にッと笑った。

夕方近くになると、徳兵衛は留守番をしている富蔵が気になり、腰を上げた。おふよも、これからこだるまの手伝いがあるので呑気《のんき》にしていられなかった。

「また後で様子を見にくるから」

おもとに声を掛けて二人は外に出た。喜兵衛店の門口の前で「徳さん、どう思う」

と、おふよが声音を弱めて訊いた。

「どうって、わしにだって民蔵がどうなるかわからないよ」

「そうじゃなくって、おもとさんのこと」

「おもとさん？」

「ああ。あの顔は早くけりをつけたいと思っているように見えたかえ」

「まさか」

「そうだよねえ。子供を四人も拵えた亭主だもの、そんな薄情なことは思わないよねえ」

「民蔵が病をおして絵を描いていたせいもあるかなあ。おもとさん、民蔵が絵を描いていれば満足しているようだったから」

「そうかも知れないねえ。あたしもうちの人が仕事をしているのを見るのは好きさ」

「………」

「何んだよ」

黙りこくった徳兵衛に、おふよは不満顔で訊く。

「へへ、のろけてやがら」

「ぶつよ、徳さん。あんただって、おせいさんがどっかへ出かけたら、崩れた土手みたいにへなへなの、ぐずぐずになるくせに」

五十も半ばだというのに、二人は相変わらず若い頃の気持ちで軽口を叩《たた》き合ってい
た。

徳兵衛と富蔵は、その夜、木場の連中が祭りの打ち上げの宴会をするのに誘われ、
とうとう民蔵の家に行くことはできなかった。

民蔵は明け方、家族に見守られながら、ひっそりと息を引き取ったのだった。

五

賑《にぎ》やかな祭りの後は、しんみりした弔いが待っていた。喜兵衛店の泰蔵と巳之吉は
祭りの法被を紋付羽織に替えて、殊勝に線香を上げに来た。檀那寺から来た僧侶が経
を唱える間、最前列におもとと子供達が俯《うつむ》いて座っていた。

喪服姿のおもとはきれいだった。

僧侶が帰ると、通夜《つや》の客は車座になり、おもとから茶菓《さか》を振る舞われた。

「皆さん、本日はお忙しいところ、うちの人のお弔いをしていただき、ありがとう存
じます。お酒ばかり飲んで、どうしようもない人でしたが、倒れてからお酒は一滴も

飲みませんでした。褒《ほ》めてやって下さいな。最期だけは父親らしく、男らしく意地を通したんですから」

おもとは昂《たか》ぶった声を上げた。おふよは手巾《しゅきん》を眼に押し当て、声を殺して泣いていた。

「見ろよ、おもとさんの顔。まるで菩薩《ぼさつ》様のようだぜ」

後ろから誰かの声が聞こえた。慌てて徳兵衛はおもとの顔を見る。目許が優しく細められ、笑みさえ浮かべたおもとは、まさしく菩薩の表情をしていた。

普通の女房だったら、民蔵のような亭主と、ここまで長く続かなかっただろう。民蔵の絵が好きだという理由だけで、おもとは民蔵のすべてを許していたのだ。その慈悲の心も菩薩に外ならないと徳兵衛は思う。

「喪服を着ると女ぶりが上がるというのは本当だね。おもとさんがこれほど美人とは思わなかったよ」

富蔵はほれぼれした顔で言う。

「おもとさんは、普段は身を構わないから気がつかなかっただけさ。民蔵が目をつけたんだから美人に決まっているじゃないか。おふよをごらんよ。何を着ても一緒だ」

徳兵衛がそう言うと「何んだって！」と、おふよの声が尖《とが》った。徳兵衛は慌てて首を縮めた。四つ（午後十時頃）近くになると、通夜の客もあらかた帰った。おもとは残っていた徳兵衛達の前に画仙紙《がせんし》の束を運んで来た。

「大家さん、見てやって下さい。うちの人が最後に描いた絵ですよ」

　そう言って、おもとは絵を拡《ひろ》げた。仔猫とたわむれる子供達、千社札《せんじゃふだ》があちこちに貼《は》られている喜兵衛店の門口、蔓《つる》を絡《から》ませている朝顔、七厘《しちりん》で魚を焼くおゆり、笑うおてつと与吉、絵を描く筆吉、土間口から家の中を覗《のぞ》くまだら。民蔵の家族や周りの景色がいきいきと描かれていた。

　そして、最後は台箱を携え、仕事に出かける時のおもとの立ち姿だった。

「うちの人、あたし達に何もしてくれなかったけど、これだけは残してくれた。あたしは満足ですよ」

　おもとは泣き笑いの顔で言った。おふよがまた手巾で眼を押さえた。

「大したものだったんだねえ、民蔵の腕は」

　富蔵は改めて感心した様子である。

「ああ、大したものだったよ。何事もなければ民蔵は名高い絵師になったはずだ。これ筆吉、お父っつぁんの絵をようく見るんだ。お前の親父はこんなにうまい絵を描く人だったのだよ」

徳兵衛がそう言うと、筆吉は拳《こぶし》で眼を拭い、肯いた。

善助は筆吉と一緒に線香を上げにやって来たが、筆吉を残して帰った。筆吉は初七日まで休みを貰ったという。

「筆吉は他の弟子よりは恵まれていると思うぜ。何しろ、もの心ついた時から民蔵に絵の手ほどきをされていたんだから。そうだな？」

岩蔵は筆吉を持ち上げるように口を挟んだ。

「はい。おいら、お父っつぁんに色々、教えて貰いやした。人の顔は最初に鼻から描けとか、眼を描く時は息を止めろとか……」

「だろ？　お前ェは同じ年頃の小僧よりうまいはずだ、今はな。だが、その気になっていると、すぐに他の奴等に追いつかれる。おれは、絵のことはわからねェが、何事も世の中と同じよ。真面目《まじめ》にこつこつとやって来た者が最後に笑うんだ。民蔵は絵師のいい面と悪い面をお前ェに見せたはずだ。悪い面は真似しなくていいぜ。いい面だけを覚えているこった。なあに、先のことは民蔵が草葉の陰から見守ってくれるはずだ」

岩蔵の口上に徳兵衛はつくづく感心した。伊達《だて》に土地の岡っ引きをしている訳ではないと思う。

「親分、与吉も絵が好きなんですよ」

筆吉は弟を気にする。

「そうけェ。与吉が弟子入りするのは、もう少し先だ。お前ェと同じ年頃になったら、師匠に口を利いて弟子にして貰いな。師匠がそれを許すかどうかはお前ェの心掛け次第だ」

「はい」

筆吉は真顔で肯いた。それから筆吉は与吉を傍に呼び、民蔵の絵を見せた。与吉はまだらの絵が気に入ったようで、けらけらと笑った。与吉の笑い声が重苦しい弔いの雰囲気を僅かに吹き払った。おもと一家の将来に徳兵衛は、ひと筋の光明を見る思いだった。

民蔵の野辺送りが済むと、おもとは仕事に戻った。筆吉は残された時間を弔いの後片づけに費やしていた。

初七日はあっという間に訪れ、筆吉は名残り惜しそうに芝へ帰って行った。

初七日のお参りをした夜、徳兵衛は奇妙な夢を見た。夢の中に弥勒《みろく》菩薩が現れたのだ。

蓮華座《れんげざ》の上に鎮座した弥勒菩薩は宝冠を被《かぶ》り、左手を胸のところに掲げ、右手は燭《しょく》台《だい》の脚を摑んでいる。菩薩の背後を頭光《ずこう》と身光《しんこう》と呼ばれる光が照らす。

徳兵衛は眩《まぶ》しくて眼を開けていられなかった。だが、徳兵衛を見つめる弥勒菩薩は、おもとの顔とよく似ていた。

「おもとさん、あんた、弥勒菩薩になったのかい」

気軽に声を掛けると、背後の光が明るさを増した。その時、野良猫のまだらがのっそりやって来て、弥勒菩薩の足許に座った。

「大家さん、この度はご苦労さん」

まだらは幼児のような声で言った。徳兵衛は仰天した。弥勒菩薩はそれがおかしいと、こもった笑い声を洩《も》らした。

「民蔵のことは残念です。されど生きとし生けるものに死は避けられない。これも前世からの定めと了簡することですよ。あんたも酒をちと控え、養生につとめれば長生きできるでしょう」

まだらは、そう続けた。徳兵衛は畏《おそ》れ入って、ははあと頭を下げた。

徳兵衛はその時、うなされていたらしい。

女房のおせいが「お前さん、お前さん」と肩を揺すったので目が覚めた。徳兵衛の心《しん》ノ臓《ぞう》は、それからしばらく動悸《どうき》が激しかった。

得意先へ向かう時のおもとは、いつも急ぎ足だ。

「はい、ごめんなさいよう。こちとら急いでいるんだからね、ぶつかっても知らないよう」

声高に通行人を牽制《けんせい》することも忘れない。その様子は、とても亭主を亡《な》くしたばかりとは思えなかった。

「おもとさんは、しっかりしている。うん、あれなら大丈夫だ」

自身番で岩蔵が独り言のように呟いた。

徳兵衛は、不思議な夢を見たことは誰にも言わなかった。言えば笑い飛ばされるに決まっている。

泰蔵の飼い猫のるりは鮪の餌が与えられなくなったので「うまいうまい」とは言わなくなったらしい。徳兵衛は、とうとう、その声を聞きはぐれてしまった。だが、夢の中でまだらが喋った声は今でも耳に残っている。

自身番の外で猫の鳴き声がした。徳兵衛が戸を開けると、そのまだらが、ものほしそうな顔で徳兵衛を見た。

「ああ、わかったよ。今、煮干しをやるよ」

徳兵衛は水屋の棚においてある煮干しの袋からひと摑み取り出し、まだらに与えた。

まだらは丈夫な顎《あご》を動かして煮干しを嚙《か》む。

「お前、わしの夢に出てきたろ？　養生すれば長生きできると言ったのは本当かい？」

徳兵衛は、岩蔵と富蔵には聞こえないように囁いた。まだらはつかの間、徳兵衛を見上げた。

いいい
くしゅんと声が聞こえたのは小骨が喉に引っ掛かったのか、それとも苦笑だったのか。

徳兵衛はため息をついて空を見上げた。よく晴れたその日、空には鰯雲《いわしぐも》が拡がっていた。

深川山本町、にゃんにゃん横丁界隈《かいわい》は、秋たけなわである。

雀、蛤になる

一

暦が霜月《しもつき》に変わると、途端に辺りの景色は冬めいてくる。雪はまだ降っていなかったが、落ち葉が路上のあちこちに散乱して、うら寂しい気分を醸《かも》し出している。おまけに昨夜は雨が降ったので、歩く徳兵衛《とくべえ》の下駄《げた》や紺足袋に濡《ぬ》れた落ち葉がべったりと貼《は》りついた。徳兵衛は途中で何度も立ち止まり落ち葉を振り落とすが、また新たな落ち葉が貼りつくというありさまだった。

「えい、くそッ」

徳兵衛は悪態《あくたい》をつきながら先を急ぐ。それでなくても徳兵衛は重い気持ちを抱えていた。濡れ落ち葉なんぞに煩《わずら》わされたくなかった。

これから訪れる蛤《はまぐり》町の呉服屋「増田屋《ますだや》」の主《あるじ》は、濡れ落ち葉にさえ興を覚え、下手な俳句をひねっていることだろう。それを思うと癪《しゃく》に障《さわ》った。

増田屋の主、増田屋喜兵衛《きへえ》は徳兵衛が大家を任されている喜兵衛店《だな》の家主《やぬし》だった。徳兵衛は晦日《みそか》に店子《たなこ》から店賃を集めると、それを持って増田屋を訪れる。毎月の恒例の仕事である。喜兵衛は昨年還暦を迎えたのを機に商売を息子に任せた。今は隠居の立場であるが、喜兵衛店の店賃だけは自分が管理していた。

徳兵衛の気が重かったのは、喜兵衛の下手な俳句を聞かされるせいばかりではなかった。晦日の店賃の回収が思うようにいかなかったからだ。

季節が冬になると、外で働く職人達の実入りは、めっきり少なくなる。普段の月でも店賃を溜《た》める者が喜兵衛店には多い。

だが、神無月《かんなづき》の晦日は今年に入って最低だった。まともに店賃を払った店子は半分しかいなかった。喜兵衛に嫌味のひとつも言われることを考えると、徳兵衛はため息ばかりが出た。

蛤町は永代寺《えいたいじ》門前町の並びにあり、商家が軒を連ねる賑《にぎ》やかな界隈《かいわい》である。いや、「羽織《はおり》」と呼ばれる深川芸者が闊歩《かっぽ》する場所でもあった。

増田屋の前は堀になっており、黒船橋《くろふねばし》という橋が架かっている。この橋を渡った所に黒船稲荷《いなり》があった。堀の水面《みなも》もうんざりするほど落ち葉が浮かんでいた。黒船稲荷の周りは樹木が生い茂り、雀《すずめ》も多く生息しているので「雀の森」と呼ばれている。これから雀達は無事に厳しい冬を乗り越えられるのだろうか。

徳兵衛は賑やかな鳴き声の途絶えた雀の森につかの間、心配そうな眼を向けた。

心配なのは雀ばかりではない。野良猫《のらねこ》のまだらが、また腹に仔《こ》を抱えた様子である。どこかで産むにしても育てるのが骨だ。人間様なら、少しは考えたらどうなんだと小言のひとつも言えるが、畜生では仕方がなかった。

増田屋に着いた時、徳兵衛の足には落ち葉が盛大に貼りついていた。路上の落ち葉を漕《こ》ぐように歩いて来たのだから無理もない。店前でいらいらしながら落ち葉を落とす徳兵衛を手代や小僧は含み笑いを堪《こら》えながら見ていた。番頭などは落ち葉で拵《こしら》えた草鞋《わらじ》を履いているのかと冗談を言う始末だった。

裾《すそ》を払って、徳兵衛は喜兵衛のいる奥の部屋へ向かった。

案の定、喜兵衛は文机《ふづくえ》に肘《ひじ》を突き、俳句を思案中だった。徳兵衛に気づくと、ひょいと顎《あご》をしゃくった。喜兵衛の後ろは床の間になっており、備前焼の花入れにえんじ色の小菊が活《い》けられ、壁には竹の額に入れた短冊《たんざく》が飾られていた。喜兵衛は掛け軸の代わりに、俳句をしたためた短冊を季節ごとに飾る男だった。

蛤になる苦も見えぬ雀かな

喜兵衛にしては珍しく気の利《き》いた句に思えたので、徳兵衛はお愛想に「なかなか乙な一句でございますね」と褒めた。

いつもなら「そうだろう?」と得意気に鼻をうごめかし、その句ができた経緯《いきさつ》をあれこれと話すのだが、その時は違った。

「短冊をよくごらんよ。それはわたしの句じゃない」

憮然《ぶぜん》として応《こた》える。近頃、老眼の進んだ徳兵衛が慌《あわ》てて眼を凝らすと、短冊の隅に一茶という俳号があった。小林一茶。高名な俳人である。喜兵衛の俳号は確か金魚であったと思い出した。

「今月は、どうもいい句が出てこなかったのだよ。仕方なく、気に入っていた一茶の句を飾ったという訳だ。近くに雀の森があるし、ここは蛤町だから、土地柄にも合っているしね」

喜兵衛は苦しい言い訳をする。

「しかし、なかなか難しい句でありますな。蛤になる苦とは何んのことか、さっぱりわかりません」

徳兵衛がそう言うと「おや、あんたは知らなかったのかい。俳句の世界では、雀が海に入ると蛤になるという考え方があって、これは晩秋の季語になっているのさ。神無月の中頃は、今度は雉《きじ》が海に入って蜃《しん》になると言われている」と、喜兵衛はようやく得意気な表情を取り戻して応えた。

「増田屋さん。蜃とは何んのことです？」

「蜃とは大蛤のことだよ」

「……………」

雀が蛤になるのは可愛《かわい》らしいが、雉が大蛤になるのは、ちょっと気味が悪い。

「いったい誰がそんなことを考えついたんですかね」

「ふん、唐土《もろこし》の『礼記《らいき》』という書物の中にあるそうだ。それがこっちに伝わり、俳人達を喜ばせて季語にまでなったんだよ。あちらの人は鳥が貝になるという思いつきが、よほど気に入っているらしい」

「長芋が鰻《うなぎ》になるという話は聞いたことがありますが」

調子に乗って徳兵衛が言うと、喜兵衛は鼻白んだ表情で「俳句は怪談じゃないよ」と、ぴしりと制した。同じたとえ話じゃないかと徳兵衛は思ったが、それは喜兵衛に言わなかった。

その後に、おずおずと店賃を差し出すと、喜兵衛は、やはり渋い表情で舌打ちした。

「いったい、うちの店子達は何を考えているんだろうねえ。金がないから払えない？　それで世の中が通るとでも思っているんだろうか。三月《みつき》溜めたら出て行って貰《もら》うと、最初に約束しているはずだ」

「申し訳ありません」

「あんたが謝ることはないが、今からこれじゃ、気が滅入るよ。大晦日になったらどうなるんだろうね。徳兵衛さん、店賃を払わない者に正月の餅《もち》は振る舞わなくていいからね」

喜兵衛は小意地悪く言った。近くの農家は裏店の厠《かわや》の肥汲《こえく》みをして、それを畑に運んでいる。

年末には下肥《しもごえ》料として農家は大家に幾らか差し出す。徳兵衛はそれで糯米《もちごめ》を買い、餅を搗《つ》いて店子達に振る舞っていた。店賃を払えないのなら、餅はやらないというのもどうかと思う。黙った徳兵衛の表情が喜兵衛には不愉快そうに見えたのかも知れない。徳兵衛が臍《へそ》を曲げ「それなら大家をやめさせていただきます」という言葉を喜兵衛は恐れたようだ。

「まあ、この度は仕方ありませんな。日銭でも構いませんから、なるべく払うようにと伝えて下さい」と、慌てて喜兵衛は言った。

喜兵衛の息子の嫁が運んで来た茶を飲み干すと、徳兵衛はそそくさと暇乞《いとまご》いした。増田屋を出ると、気持ちが楽になった。これでひと月は喜兵衛の顔を見なくて済むと思った。

朝方は曇っていた空が幾分明るくなった。

濡れ落ち葉の水気も取れるだろう。帰りは落ち葉が貼りつくことも気にせず、にゃんにゃん横丁の自身番に向けて徳兵衛は足早に歩いた。

二

にゃんにゃん横丁の自身番には書役《かきやく》の富蔵《とみぞう》と岡っ引きの岩蔵《いわぞう》の他に、おふよの顔もあった。

「徳さん、用足しに行って来たのかえ」

おふよは徳兵衛のために茶を淹《い》れながら訊《き》く。

「ああ。蛤町の増田屋さんへ店賃を届けに行っていたんだよ。店賃が思うように集らなかったんで、嫌味を言われちまった」

徳兵衛はため息交じりに応えた。

「それはご苦労さんだったねえ。本当にうちの長屋は、酒代は出すくせに店賃を溜めるのが平気な連中ばかりだ。徳さん一人に苦労の掛け通しだ」

おふよは徳兵衛の労をねぎらう。

「慰めてくれるのは、おふよだけだ」

「おれだって、そう思っているよ」

富蔵は慌てて口を挟む。

「嫌味を言うぐらいなら、増田屋が手前《てめ》ェで取り立てに行けばいいんだ。店子達は畏《おそ》れ入って払うわな」

岩蔵は冗談交じりに言った。

「親分、家主なんて誰でも皆、そんなもんだよ。面倒なことは大家に任せて文句ばかり言っているんだ。下手な俳句をひねるより、こっちへ出かけてきた方が身体《からだ》のためにもなるのにさ」

おふよも喜兵衛が俳句を嗜《たしな》むのを知っていた。徳兵衛は蛤の句を三人に教えようと口を開いた。

「増田屋さんは、おもしろい俳句を床の間に飾っていたよ。一茶の句だったたな」

「へえ、どんな」

おふよは茶を勧めながら、興味深そうに徳兵衛の顔を見た。

「雀、蛤になる……いや、そうじゃなかった。蛤に……いかん、度忘れした」

徳兵衛は月代《さかやき》の辺りに手をやって思案した。

眼も薄くなれば頭もはっきりしない。人や店の名前をちょいちょい忘れる。隣り町に松崎屋《まつざきや》という油屋があるが、徳兵衛は、つい松浦屋《まつうらや》と言ってしまう。

「ちょいと、しっかりしておくれよ。惚《ぼ》けるのはまだ早いよ」

おふよは叱咤《しった》激励するが、頭の中に白い靄《もや》が懸《かか》り、どうしても思い出せない。

「こんな調子なら先が思いやられる。おせいさんも苦労するよ、きっと」

おふよは徳兵衛の女房の気持ちを慮《おもんぱか》った。

「苦労……それと似たようなもんだった。蛤の苦労も知らず雀かな、だったかな」

「何んで蛤の苦労を雀が知らなきゃならないのさ」

おふよは呆《あき》れたように言う。

「そうだよな、ちょっと違うなあ」

「それはあれかい、雀が蛤になるというたとえ話から来ているのかい」

富蔵が助け舟を出した。

「うん。そうなんだよ」

ぽんと掌《て》を打った拍子に、徳兵衛の口から「蛤になる苦も見えぬ雀かな」と、するりと言葉が出た。富蔵は忘れないように反故紙《ほごし》に書きつけた。

「ふうん。おもしろいことを言うもんだねえ」

おふよは感心した顔になった。

「雀は寒くなると腹を丸めているぜ。そのまんま海に入ったら、蛤になりそうな気もするわな」

岩蔵は納得したように言う。

「雉は海に入ると大蛤になるそうだ」

徳兵衛は舌で唇を湿して話を続ける。

「おや、気持ちが悪い。大蛤なら人間様でも喰われちまいそうだよ」

おふよは徳兵衛と同じ気持ちになったらしい。

「唐土の人間は、そんなことを考えるのが好きなようだ」と、徳兵衛は説明した。

「唐土の人間が考えたのかい。どうりで。この国の連中に、そんな奇妙きてれつなことを考える奴はいないからね……蛤と言えばさ、佐賀町の佃煮《つくだに》屋の若旦那《わかだんな》、そろそろ危ないそうなんだよ」

蛤と聞いて佃煮屋を思い出すとはおふよらしい。佃煮屋「小川屋《おがわや》」は蛤の佃煮が評判の店だった。徳兵衛は大家になる前、佐賀町の干鰯《ほしか》問屋《とんや》の番頭をしていたので、小川屋のことはよく知っていた。

小川屋の若旦那の鉄平《てっぺい》は五年前に料理茶屋の娘だったおなおと祝言《しゅうげん》を挙げた。二人はいつもにこにこして笑顔を絶やさず、傍目《はため》にも仲のよい夫婦だった。ところが、三年前に鉄平は血を吐いて倒れた。肝《かん》ノ臓《ぞう》の病だという。鉄平は酒が好きな男で、独り身の時は毎晩、友人達と飲み歩いていた。それが原因で肝ノ臓を弱らせてしまったらしい。

まだ若いから酒を断ち、養生すれば治るものと徳兵衛は思っていたが、酒毒が身体中に回り、もはや医者も匙《さじ》を投げたような状態らしい。

「やれやれ、また若い者がいけなくなるのかい。この間は民蔵《たみぞう》が死んだばかりだというのに」

徳兵衛はため息をついた。にゃんにゃん横丁にいた絵師の民蔵は深川八幡《はちまん》の祭りの時に亡《な》くなっている。まだ四十二歳だった。

「小川屋の若旦那は民さんより、もっと若いんだよ。三十二だってさ」

おふよもやり切れない表情で言う。

「おなおちゃんは確か、若旦那より十《とお》歳年下だから二十二かい。二十二で後家になるなんざ……」

富蔵がそう言うと、おふよは「富さん、縁起でもない。まだ若旦那はお陀仏《だぶつ》になっちゃいないよ」と、睨《にら》んだ。

「おふよが危ないらしいと最初に言ったんじゃないか」

富蔵は不満そうに口を返す。

「気を遣って遠回しな言い方をしたのに、富さんはちっとも察してくれないんだから」

「ま、ここに小川屋の身内がいる訳じゃなし、遠慮はいらねェが、しかし、気の毒なこった」

岩蔵はさり気なく二人の間に口を挟んだ。

「一度、見舞いに行かなきゃならないな。小川屋の旦那とお内儀《かみ》さんには、昔、大層世話になったからね。知らん顔もできないだろう」

徳兵衛は独り言のように呟《つぶや》いた。

「徳さん。お見舞いに行っても、すぐに弔いが待っているかも知れないよ」

おふよは義理の掛かりが増えることを心配していた。

「おふよ。懐《ふところ》具合を心配してくれるのはありがたいが、それとこれとは別なんだよ。

義理を欠く訳にはいかない。ましてこの年になったら」

徳兵衛がそう言うと、おふよは素直に「それもそうだねえ」と肯《うなず》いた。

三

小川屋は油堀《あぶらぼり》に架かる下之橋《しものはし》の橋際《はしぎわ》に店を構えている。創業六十年の老舗《しにせ》である。貝のむきみ売りをしていた初代が、ある日、売れ残りの品物を佃煮にしたところ、これが大当たりしたという。以来、小川屋は初代の味つけを守って今日に至っている。店の評判を聞きつけて、川向こうからも客がやって来るそうだ。

小川屋は間口二間の狭い店だが、時代を感じさせる軒上の金看板と藍色《あいいろ》に「おがわや」と白く染め抜いた日除《ひよ》け幕が通りを歩いていても目立つ。店に近づくと甘辛い醬油《しょうゆ》の香りがした。店に足を踏み入れると塗り物の四角い容《い》れ物に佃煮が山盛りになっている。

昆布、小女子《こうなご》、浅蜊《あさり》、くるみ。その他に黒豆の煮豆も置いている。季節柄か蛤はなかった。お使い物にする時は桐《きり》の箱に入れて包装してくれる。店の隅に赤い毛氈《もうせん》を敷いて床几《しょうぎ》が設《しつら》えてあり、その上に絣《かすり》の小座蒲団《ざぶとん》が置かれていた。いかにも老舗の佃煮屋という店の佇《たたず》まいである。

「おいでなさいまし。あら、番頭さん」

小川屋の内儀《ないぎ》のおりつは徳兵衛を見て驚いた声を上げた。間仕切りの暖簾《のれん》の奥は商売物を作る板場があり、そこで主の伊平《いへい》が奉公人と一緒に佃煮を作っている。以前はおなおも客の相手をしていたが、その時、おなおの姿は見えなかった。

「若旦那の具合がよくないと聞いたんで、今日は、ちょいとお見舞いに参りました」

さり気なく口を開くと、おりつの眼が赤くなった。

「わざわざお越し下さいまして、ありがとうございます」

おりつは前垂れで口を押さえ、深々と頭を下げた。

「おなおちゃんは若旦那の看病ですか」

「ええ。よくやってくれます。疲れが出るから少しお休みよと言っても、大丈夫だからと応えて、あたしに手を出させないのですよ」

「感心なお嫁さんだ」

「ええ、ええ。ありがたくてねえ。でも、鉄平の看病をしに嫁に来たようなもので、向こうのご両親に申し訳なくて……」

おりつはそう言って、洟《はな》を啜《すす》る。徳兵衛は水菓子屋で買った早生《わせ》みかんと熨斗《のし》袋を差し出しながら「お内儀さん、これはほんの気持ちでございます」と言った。

「そんな。番頭さんはもうお店を退《の》いた立場じゃありませんか。こんなことしていただいては申し訳ありませんよ」

「なになに。若旦那は子供の頃からよく知っておりました。道で出会えば挨拶《あいさつ》してくれて感心な坊ちゃんだった。その坊ちゃんが嫁さんを貰って店を継いだと聞いた時は自分のことのように嬉《うれ》しかったものです」

「本当にねえ、まさか鉄平がこれほど早く倒れるとは思ってもいませんでしたよ」

「まあ、旦那はまだ達者ですし、若旦那の下に息子さんが二人もいらっしゃいますから店のことは大丈夫でしょうが」

徳兵衛がそう言うと、おりつの表情がさらに曇った。

「幸い、うちの人は当分の間、店のことはできますけれど、二番目の息子は養子に出しているんですよ。今さら戻ってこいとも言えないし、末っ子はまだ十八ですから、先のことを考えると気が滅入《めい》るんですよ。でも、あたしが一番心配なのはおなおのことなんです」

「おなおちゃん?」

「ええ。鉄平にもしものことがあったら、普通なら実家に戻して、いい縁談があったら再婚してほしいのですが、おなおの実家は商売がうまく行かなくて、ちょうど鉄平が倒れた頃に店を畳んだんですよ」

そんなこととは知らなかった。おなおの実家は柳橋《やなぎばし》に店を出していたので、今でも商売を続けているものとばかり思っていた。

「そいじゃ、おなおちゃんの親御さんは、今どうしているんですか」

「番頭さん、ここだけの話ですよ。おなおの両親は早い話、夜逃げ同然で行方をくらましたんです。どこにいるのかわからないんです。だから、おなおは実家にも戻れない。あたし、どうしたらいいかわからなくて……」

「お内儀さん。先のことを今から心配しても始まらないですよ。肝腎なのは若旦那の看病だ。できるだけのことはしてやって下さい」

徳兵衛はおりつを励ますように言った。徳兵衛はそのまま帰ろうと思ったが、おりつはともかく顔だけでも見てやってくれと言ったので、仕方なく中に上がった。

鉄平は二階の部屋に寝かされているという。食べ物商売なので、客の目に病人の姿を見せない配慮だった。これでは小用に立つのも容易ではないだろう。様々なことを考えながらおりつの後から徳兵衛は二階に上がった。

徳兵衛は鉄平の顔を見て驚いた。肉が落ちて、以前よりひと回り小さくなっていた。

鉄平は徳兵衛が部屋に入ると、とろんとした眼をこちらへ向けた。徳兵衛が誰か判断できない表情だった。

「鉄平。干鰯問屋の番頭さんだよ。お見舞いに来て下さったんだよ」

おりつが鉄平の耳許《みみもと》に口を寄せて言うと、鉄平はこくりと肯いた。

「番頭さん。わざわざありがとうございます」

おなおは満面の笑みで応えた。おなおは笑顔のいい女だった。少し大きめの口から丈夫そうな歯が見えた。

「わしはもう、番頭じゃないんだよ。今は山本町の裏店の大家をしているんですよ」

「ええ、存じておりますよ。にゃんにゃん横丁の裏店でしたよね。でも、あたしは番頭さんの方が呼びやすくて」

おなおはそう言って、はにかむように笑った。

「どれ、お茶を淹れてこよう」

おりつが言うと、おなおは慌てて「おっ姑《か》さん、それはあたしがやります」と腰を浮かした。

「わしのことならお構いなく。すぐにお暇《いとま》しますんで」

徳兵衛も口を挟んだ。

「おなお。お前は、ここにいておくれ。話相手はあたしよりお前の方が番頭さんだって嬉しいだろうから」

おりつはそんなことを言って、とんとんと梯子段《はしごだん》を下りて行った。

「おっ姑さんたら、冗談ばかり」

おなおは苦笑すると徳兵衛に座蒲団を勧め、その後で鉄平の表情を窺《うかが》った。

「お前さんもお茶を飲むかえ」

おなおが訊くと、鉄平は小さく首を振った。

「あんたも気の毒な人だ。せっかく若旦那と一緒になれたのに、若旦那が病に倒れてしまってさ」

「番頭さん、あたし平気ですから」

健気《けなげ》なおなおに徳兵衛の胸が詰まった。

「ずっと商売が忙しくて、あたし、うちの人と水入らずで過ごす時間なんてなかったんです。病になって、ようやく一日中、一緒にいられるようになったの。ね、お前さん」

おなおは鉄平に相槌《あいづち》を求める。鉄平は照れたように唇を歪《ゆが》めて笑った。もう、口を利く元気もないようだ。

「酒が強いのが却《かえ》って仇《あだ》になってしまったんだね」

「この人、お酒を飲み出すと、肴《さかな》には手をつけないんですよ。一合の酒なら煙管《きせる》で一服するだけでいいだなんて……」

「莨《たばこ》は肴じゃありませんよ」

徳兵衛が憮然として言うと、鉄平は咳《せ》き込んだ。笑うつもりが妙な具合になったらしい。

おなおは慌てて背中を摩《さす》った。

「番頭さん、もうこの人は覚悟を決めているんですよ。あたしも同じ。一日でも長く一緒にいられたらいいと思っているだけ。夜も手を握って眠るの」

若夫婦の閨《ねや》を覗《のぞ》いたようで、徳兵衛は顔を赤くした。

「番頭さん、変な意味に取らないでね。もうこの人に子作りする元気なんてないのよ」

「お、おなおちゃん」

慌てた様子の徳兵衛に、鉄平は腕を伸ばしておなおの額を指先でつんと突いた。その腕も驚くほど細い。余計なことを喋《しゃべ》るなと鉄平は言いたかったのだろう。おなおはそんな鉄平に構わず話を続けた。

「手を放してしまうと、そのままこの人が遠くに行っちまいそうな気がするの。この人もそう思っているようで、夢うつつでも手、手って呟くのよ。おかしいでしょ、番頭さん」

笑いながら言うおなおに徳兵衛は何も応えられなかった。もしもの時はどうするつもりかと徳兵衛は訊きたかったが、二人を前にしては、とても訊けるものではなかった。徳兵衛は俯《うつむ》いて洟を啜るばかりだった。

小半刻《こはんとき》（約三十分）ほどで徳兵衛は小川屋を出たが、鉛でも飲み込んだように心は重かった。

舞い降りる落ち葉はかさこそと乾いた音を立てて、道の端へ転がってゆく。徳兵衛は落ち葉を眼で追いながら世の無常をつくづく感じていた。

四

季節が冬を迎えると炭代が嵩《かさ》んで暮らし難くなるが、悪いことばかりとは限らない。

魚の類《たぐい》は夏場より持ちがいいし、葉物野菜は甘みが増す。熱々のおでんや鍋《なべ》がうまく感じるのも寒さのゆえだ。

にゃんにゃん横丁の一膳《いちぜん》めし屋こだるまで、徳兵衛と富蔵は湯豆腐を拵えて貰い、熱燗《あつかん》でちびちびやっていた。こだるまはおふよが夜だけ手伝っている店である。徳兵衛と富蔵はこだるまで時々一杯飲むのを楽しみにしていた。

夜の四つ（午後十時頃）には喜兵衛店の門口の鍵《かぎ》を掛けることになっているから、呑気《のんき》に酔ってもいられないのだが、おふよや常連客と話に花が咲き、つい飲み過ぎてしまうこともしばしばだった。

その夜の話題は山本町の煮売り屋の亭主が人足寄せ場から戻って来るらしいということだった。煮売り屋「金時《きんとき》」は山本町の表通りに店を出している。ちょうど、にゃんにゃん横丁の入り口より二軒隣りにある店だ。

煮売り屋は煮豆だの、きんぴらごぼうだの、煮しめだのを売っている町の総菜屋である。

金時は味がいいので女房達の贔屓《ひいき》にされていた。もっとも、おふよは煮売り屋でお菜《さい》を買ったことはないと得意そうに言う。手前ェが楽をしたいばかりに銭を払って人にお菜を作らせるなんざ、女房の風上にも置けないと口汚く罵《ののし》る。そんなことを言っては江戸の煮売り屋は皆、干乾《ひぼ》しになってしまうだろう。

金時は二十八になるお駒《こま》という女が切り守《も》りしていた。以前は亭主の寅吉《とらきち》も青物の仕入れを手伝っていたのだが、三年前に寅吉は酒に酔った拍子に仲間と喧嘩《けんか》になり、相手に傷を負わせてしまった。寅吉は岩蔵にしょっ引《ぴ》かれた。本来なら酔った上での喧嘩なので、自身番でこってり油を絞られて解き放ちになるのだが、その時の寅吉の態度がいかにも悪かった。素直に謝らないばかりか、ちょうど見廻りでやって来た北町奉行所の同心にまで殴り掛かったのだ。素町人が武士に手を出すのはもっての外。このまま寅吉を解き放しては奉行所の威信にも関わる。寅吉は自身番から茅場町《かやばちょう》の大番屋へ連行され、ついにはお白洲《しらす》で裁きを受ける羽目となった。もともと寅吉の酒癖の悪いのは有名だった。奉行所は懲《こ》らしめのために三年間の人足寄せ場送りの沙汰《さた》を寅吉に下した。

徳兵衛はもちろん、しょっ引いた岩蔵さえ、この沙汰に驚いた。たかが酔っぱらいの喧嘩に寄せ場送りは幾ら何んでも重過ぎる。

お駒は泣きながら寅吉を助けてくれと岩蔵に縋《すが》ったが、沙汰が下された後ではどうすることもできなかった。

しかし、沙汰が下ると寅吉は覚悟を決めた様子で、殊勝に三年間の寄せ場暮らしを受け入れ、奉行所の役人達の手を煩わせることもなく石川島へ向かったのだ。

人足寄せ場は火付盗賊改役長谷川平蔵《ひつけとうぞくあらためやくはせがわへいぞう》の建議により寛政二年（一七九〇）に開場した。江戸府内に氾濫《はんらん》する無宿者の取り締まり、犯罪の予防、治安の維持のために石川島と佃島の間の葭沼《あしぬま》を埋め立てて造られた。

本来、人足寄せ場は、監禁が目的ではなく、寄せ場内に様々な作業場を置き、そこで各自の好む仕事を覚えさせる。言わば更生の場所でもあったのだが、人々は寄せ場送りと聞けば、誰しも少し離れた場所にある牢《ろう》屋敷と思うようだ。

まあ、よく考えれば、寅吉にとって酒を断つ絶好の場所と言えなくもなかったが、残されたお駒にとって、近所の眼は辛《つら》かった。一時は客が訪れなくなったこともあったからだ。

寅吉に傷を負わせられた男は、いい気味だと言わんばかりに近所に触れ回り、あろうことかお駒に言い寄った。この時はさすがに岩蔵も腹を立て、顔が腫《は》れるほど相手の男を殴りつけてやった。

お駒は気丈に店を続けた。いつまでもめそめそしてはいられなかった。寅吉との間に子供はいなかったが、当時十五歳だった寅吉の弟が一緒に住んでいた。寅吉の両親はすでに亡く、寅吉は一番下の弟の嘉吉《かきち》の面倒を見ていたのだ。

それに、寅吉が寄せ場送りになる少し前、寅吉は友人から風太《ふうた》という五歳の少年を預かっていた。風太の父親も空き巣やかっぱらいを働いて寄せ場送りとなったのだ。女房は男を作って風太を置いて家を出ていた。困り果てた父親は幼なじみの寅吉に風太を託したのだ。しかし、その時は、まさか自分も寄せ場送りになろうとは、つゆ思いもしていなかった。

風太の父親は寅吉より早く寄せ場から戻ったはずだが、お駒の所には何んの連絡もなかった。そうこうする内に寅吉の寄せ場での期間も満ち、この度、めでたく深川へ戻るという連絡が入ったのだ。

この三年の間に十五歳だった嘉吉は十八歳の若者になり、幼い風太も八歳になっていた。

「お駒さんは、よく辛抱したよ」

徳兵衛はしみじみ言った。小ぶりの土鍋が徳兵衛と富蔵の前に置かれている。湯豆腐がほかほかと湯気を上げていた。白い豆腐を小丼《こどんぶり》に取り、だしの利いた醬油のたれを掛ける。その上に細かく刻んだ葱《ねぎ》ともみじおろしをのせる。家で食べるのとはひと味もふた味も違ううまさだった。

「だけどさあ、今までお駒さんは嘉吉と風太の三人でなかよくやって来たのに、寅吉が戻って来て、またぞろ酒を飲んで暴れないかと、あたしゃ心配なんだよ」

新しく燗をつけたちろりを差し出しながらおふよは言う。

「寅吉は改心してるさ。三年も向こうに行っていたんだ。今度何か起こしたら、寄せ場どころか縛《しば》り首にもなっちまうよ」

富蔵は猪口《ちょこ》の酒を大事そうに飲みながら応える。

「寅吉は酒さえ飲まなきゃ、働き者でいい男なんだが」

徳兵衛は寅吉を庇《かば》うように言った。途端、おふよの眼が小意地悪く光った。

「そうそう、そういう手合はこの世にごまんといるよ。酒さえ飲まなきゃいい男がさ」

「何んだよ。おっかねェなあ」

富蔵はちらりとおふよを見て言う。

「酒さえ飲まなきゃいい男が、酒を飲んで手のつけられない酔っ払いになるのさ。苦労するのは、皆、女房だってことを考えちゃいないんだ。ああ、肝《きも》が焼ける」

おふよはそう言いながら、怒りを宥《なだ》めるように胸の上を撫《な》でた。

「おふよも酒を出す店の手伝いをしているくせに、よく言うよ」

徳兵衛は皮肉を浴びせた。

「程度ってもんがあるだろうが！」

おふよは怯《ひる》まず口を返した。おふよの声に驚いて、小上がりにいた二人の客が、そっとこちらを向いた。

「おふよ。静かにおし」

徳兵衛は小上がりの客にひょいと頭を下げると、おふよを制した。

「寅吉なんて戻って来なきゃいいんだよ。この三年、三人でうまくやっていたんだから。嘉吉はお駒さんの手伝いをよくしたし、風太の面倒も見ていた。まるで本当の兄弟のようにさ。寅吉がいなくて何か不都合でもあったかえ。あたしはそれが言いたいのさ」

おふよは少し声音を弱めて話を続けた。

「不都合はあったじゃないか。女こどもの家だと思って、捨吉《すてきち》の奴《やつ》、家に上がり込んでお駒さんを何んとかしようとしたじゃないか」

捨吉とは寅吉が寄せ場送りの原因となった相手の男の名前だった。

「ふん。どうせなら、あいつも寄せ場に行けばよかったのさ。それこそ喧嘩両成敗だろうが。お上のやることは、どっか抜けてるよ」

「いい加減にしないか。今日のおふよはどうかしている」

さすがに徳兵衛は声を荒らげた。その拍子におふよはぽろりと涙をこぼした。徳兵衛は呆気《あつけ》に取られた。おふよを泣かせるようなことは言っていないはずだった。

「あたしはお駒さんが気の毒でならないのさ。朝から晩まで働き通しで、義理の弟と見ず知らずの他人の子供を押しつけられてさ、これでまた酒に酔った寅吉に怒鳴られたり、ぶたれたりするのかと思えば……」

おふよはとうとう、しゃがんで顔を覆《おお》った。

「わかったよ。寅吉が戻って来たら、わしもよく気をつけるから。あんまり思い詰めると身体に障るよ」

好物の湯豆腐の味が途端になくなったような気がした。

「鶏や仔牛《こうし》を襲う狼《おおかみ》は、人間様にこっぴどく懲らしめられると、二度と悪さをしないと猟師から聞いたことがあるよ。おふよ、心配しなくていいよ」

富蔵は慰めるように言った。おふよは立ち上がり、前垂れで水洟を拭《ぬぐ》うと「寅吉は狼じゃないよ。とら、大とらだよ」と、いつもの口調に戻って言った。

五

雲が厚く空を覆っていた。木枯らしも収まらない。にゃんにゃん横丁の自身番の油障子を開けると、枯れた落ち葉が飛んで行く様が、まず眼につく。

お駒が訪ねて来た時もそうだった。午前中の早い時刻だったから、お駒は下ごしらえを終えてひと息つく頃だったのだろう。いつもは首から手拭いを下げ、それで汗を拭《ふ》きながらお菜を作ったり、客の相手をしていたので、手拭いを下げていないお駒を見た時、徳兵衛はいつものお駒と違う女のように見えた。

「大家さん。実はお願いがありまして」

気後れしたような表情でお駒は口を開いた。

「風が強いね。立ち話も何んだから、中にお入りよ」

徳兵衛は気さくに中へ招じ入れた。お駒は座敷に上がると富蔵に会釈《えしやく》した。富蔵はすぐに茶の用意を始めた。

「で、お願いって何んだい」

ちんまりと座ったお駒は痩《や》せて小さい女だった。膚《はだ》の色は浅黒いが、二重瞼《まぶた》の眼はきれいだし、鼻の形もいい。化粧をして、いい着物を着せたら、男は誰しも振り向くだろうと、徳兵衛は、そんなことを思った。

「にゃんにゃん横丁の裏店《うらだな》に空き家がありましたでしょう？　お借りできないかと思いまして」

お駒はおずおずと言った。

「空き家はあるが、あんたが入るのかね」

怪訝《けげん》な気持ちで徳兵衛は訊いた。寅吉と、ひとつ家に住むのがいやになったのかと思った。

「いいえ。あたしじゃなくて嘉吉です。うちの人が戻って来たら、四人で蒲団《ふとん》を並べて寝るのが窮屈なんですよ。うちの人は身体の大きい人ですし、嘉吉も大人になりましたから」

「それもそうだが、店賃の掛かりが増えるじゃないか。余計なことだが、今までも三人で食べて行くのは大変だったろうに」

「嘉吉は青物の振り売りをするんだそうです。あたしは反対したんですけど、義姉《ねえ》さんにいつまでも迷惑を掛けられないからって。店賃も嘉吉が払うと言っています」

「大人になったんだね、嘉吉は」

「そうでしょうか」

お駒は、はにかむように笑った。

「風太の父親からは、まだ何も言ってこないのかい」

「ええ。風太はもう、親の顔は忘れていますし、迎えに来られると、あたし、きっとどうにかなってしまいそうですよ。おっ母《か》ァ、おっ母ァって、まるで本当の母親のように呼んでくれますから」

お駒はその時だけ眼を輝かせた。

「それを聞いて、わしもほっとしたよ。喜兵衛店のおふよなんざ、風太を押しつけられたあんたが気の毒だと泣いていたんだからね」

「ありがたいことです。おふよさんがうちの店の前を通る度、疲れてないかとか、風太は言うことを聞くかと言葉を掛けてくれますので」

「気持ちがあるなら少しは売り上げに気を遣ってくれるといいんだが」

「おふよさんは何んでも自分で作る人ですから、煮売り屋の出番はないですよ。でも、時々、旦那さんは大根のなますを買ってくれますよ」

「おやそうかい」

「おふよさんは、なますはお正月に拵えるものと思っているんですって」

「なますも作るとなったら骨だ」

「ええ。甘酢の味つけもちょうどよくしなければなりませんからね」

作り方になるとお駒の口調は熱を帯びた。徳兵衛と富蔵は、そんなお駒の話を微笑《ほほえ》みながら聞いた。

「あら、あたしったら、つまらないことをべらべらと……それで裏店をお借りすることは承知していただけるんですね」

お駒は我に返ったように言った。

「ああ、いいよ。泰蔵《たいぞう》の隣りが空いているよ。巳之吉《みのきち》の所の隣りも空いているが、あそこはやかましくて寝られないこともあるからね。この間、うちの奴が掃除をしたと言っていたから、いつでも移っていいよ。晦日に翌月分の店賃を前払いして貰うきまりだ。店賃は六百文だけど、最初だけ樽代《たるだい》（権利金のようなもの）を六百文、上乗せするきまりなんだが、それでいいかね」

「はい、結構です」

「今月は中途半端だから、店賃はおまけするよ。晦日にきちんと払ってくれたら、わしもうるさいことは言わないから」

「ありがとうございます。帰って、さっそく嘉吉に伝えます」

お駒は安心したように頭を下げた。

お駒が自身番を出て行くと「徳さん。店子が増えてよかったな」と、富蔵が言った。

「ああ。だが、寅吉が帰って来ると聞いた途端、嘉吉があの家を出るというのも腑《ふ》に落ちないねえ」

「嘉吉は寅吉に頭を押さえられていたから、嘉吉なりに不満も覚えていたんだろうよ。分別がつく年頃になって、手前ェは手前ェの力で生きて行くと決めたんだ。いっそ、男らしいというもんだ」

富蔵は勝手に理由をつける。しかし、徳兵衛は、どこか割り切れない気持ちだった。

嘉吉が青物の振り売りをするというのは本当だった。徳兵衛は慣れない天秤棒《てんびんぼう》を担《かつ》いで、腰をふらつかせながら歩いている嘉吉の姿を通りで見掛けた。

「おい、大丈夫かい」

徳兵衛は声を掛けずにはいられなかった。

「大丈夫じゃねェです。肩が腫れてぱんぱんですよ。胼胝《たこ》ができりゃ少し楽になるんですが」

嘉吉は情けない声で応えた。菅笠《すげがさ》を被《かぶ》った嘉吉は冬だというのに額に汗を浮かべていた。

瘦せてひょろひょろした少年だったが、この頃は身体に肉もついてきたと思う。

「無理して金時を出ることもなかったろうに。寅吉はお前の実の兄だ。悪いようにはしないはずだ」

「兄貴が戻って来たら、おれは用なしですよ。仕込みは兄貴がやるでしょうから。おれがあの家にいても一文も入っちゃこねェんですぜ」

「それもそうだが、一人で生きていくのは大変なことだ」

「わかっておりやす」

嘉吉は真顔になって、きっぱりと言った。

「風邪を引くんじゃないよ」

徳兵衛はそう言って嘉吉の傍を離れた。

寅吉が奉行所の役人に伴われて山本町に戻る前日、嘉吉は慌ただしく喜兵衛店に引っ越しした。おふよはかいがいしく引っ越しの手伝いをしたようだ。

寅吉は戻って来ると近所に「迷惑を掛けました、これからもどうぞよろしく」と、寄せ場で拵えたらしい草鞋《わらじ》を配って挨拶したそうだ。近所の人間は寅吉ばかりが悪いと思っていなかったから、誰しも快く「ご苦労さん。お駒さんとなかよくやっとくれ」と、ねぎらいの言葉を掛けたという。

例の捨吉だけは皮肉な表情で寅吉を見ていたが、お駒に言い寄ったことが知れたら、またどんな目に遭わされるかと恐れ、金時の周りには近づかなかった。

「どうもねえ、様子がおかしいんだよ」

いつものように徳兵衛が富蔵と一緒にこだるまに顔を出すと、おふよが浮かない顔で二人に言った。今夜の肴は大根とこんにゃくのおでんだった。よく味の滲《し》みた大根に溶きがらしをなすりつけて口に入れれば、こたえられない味である。

「様子がおかしいって、誰がさ」

徳兵衛は富蔵の猪口に酌をするとおふよの顔に向き直った。

「お駒さん」

「……」

三年も家を離れていたので、寅吉とお駒が、ぎくしゃくしているのだと徳兵衛は思った。

夫婦は一緒に暮らしてこそ夫婦だ。三年は短いようで長い。

「まあ、その内に二人は元どおりになるさ。傍が心配しても始まらないよ。それとも寅吉が相変わらず酒を飲んでくだを巻いているのかい」

徳兵衛がそう言うと「寅さんは、お酒はきっぱりやめたそうだ。朝はこっ早《ぱや》く起きて、青物市場に仕入れに行ってるよ」と、おふよは応えた。

「それはよかったじゃないか。寅吉も改心したんだね」

富蔵もほっとしたように口を挟む。

「寅さんはいいのさ。問題はお駒さんだよ」

「お駒さんがどうしたんだい」

徳兵衛はおふよに怪訝な眼を向けた。

「毎晩、遅くに嘉吉を訪ねてくるんだよ。あたしと顔が合えば、洗濯物を届けに来たとか、店の残り物を届けに来たとか言うんだけどね。まあ、実際、来る時は手ぶらじゃなくて、何か持っているんだけど、どうも気になって」

「嘉吉の家から、なかなか出てこないとか？」

徳兵衛は先回りして訊いた。

「いいや、そんなことはないよ。お駒さんは、嘉吉の家の中には入らないから」

「それじゃ、おふよの思い過ごしだ。あの二人がおかしなことになる訳がない。お駒さんは嘉吉より十も年上だ。本当の弟のように思って、嘉吉の世話を焼きたいだけなのさ」

徳兵衛はおふよを安心させるように笑った。

「土間口の戸を嘉吉が開けるだろ？　するとね、嘉吉の奴《やつ》、何んか切羽詰まったような顔になるんだよ。お駒さんはぼそぼそと低い声で言うから、話の中身まではわからないけど」

「おふよは、あの二人ができてると言いたいのかい」

富蔵の直截《ちょくせつ》な言葉におふよは眼をしばたたいた。

「そうは思わないよ。お駒さんは身持ちの堅い人だから」

「だったら、何んだ」

徳兵衛はいらいらした。不義密通の恐れがないのなら、おふよがあれこれ心配することもないはずだ。

「あたしは、もっと厄介なことになっていると思っているのさ」

「厄介なこと？」

徳兵衛はおふよの言葉を鸚鵡《おうむ》返しにした。

「ああ。二人は本気で惚《ほ》れ合っているのじゃないかって」

おふよが真顔で言うと富蔵は笑い飛ばした。

「それができてることより厄介なのかい」

小馬鹿《こばか》にしたように吐き捨てた。

「ああ。女にとっちゃ、身体の繫《つな》がりよりも心が大事なんだよ。男のあんた達にはわからないだろうが」

「なに、小娘みてェなことをほざいているのよ、おふよさん」

こだるまの主の弥平《やへい》が茶々を入れた。

「親方は黙っていて！」

おふよは癇《かん》を立てた。弥平は肩を竦《すく》め、他の客の方に行った。

「おふよは勘のいい女だから、案外、当たっているかも知れないよ。だが、寅吉はともかく、風太が傍にいる内は、お駒さんも滅多なことはしないだろう。お駒さんは風太のことを本当の倅《せがれ》のように思っているから」

徳兵衛は風太のことを言っていたお駒の顔を思い出していた。風太を心から可愛《かわい》がっている様子だった。

「本当の弟のように、本当の倅のようにって言ったところで、所詮《しょせん》は他人なんだよ。いつかその絆《きずな》が切れる時が来ることもある。その時があたしは怖いのさ」

「そうだな」

徳兵衛は仕方なく肯いた。

「嘉吉に好いた娘でもできりゃいいんだが」

富蔵はそんなことを言う。

「うん。富さんの言う通りだ。それがいっち、丸く収まる方法だ。よし、あたしは嘉吉に似合いそうな娘を探そう」

おふよは夜が明けたような表情で言った。

六

当然ながら、おふよの思い通りにはならなかった。よさそうな娘を押しつけようとしても、嘉吉に「おれはまだ、女房を貰うような年じゃありやせんから」と、迷惑顔で言われる始末だった。

寅吉は徳兵衛達の気持ちには気づかず、毎日、本所の青物市場で仕入れた大根だの、ごぼうだのを店の前に水桶《みずおけ》を出して束子《たわし》で洗っている。それが済むと、寄せ場で覚えた草鞋や筵《むしろ》を拵えていた。お駒にも特に変わった様子は見られない。相変わらず商売物のお菜作りに精を出していた。

とは言え、徳兵衛はお駒と嘉吉のことが気になっていた。もしも、おふよの心配するようなことが起こったら、裏店の住人の管理不行届きで徳兵衛は責任を取らなければならないのだ。店子の密通現場を押さえた大家の話を徳兵衛も聞いたことがある。その大家は確か家主ともども奉行所から科料を申し渡されたという。

増田屋喜兵衛は、そうなったら徳兵衛にすべての責任を押しつけ、自分は知らぬ存ぜぬを決め込むだろう。出すものは舌でもいやだという男だ。

徳兵衛が、本当のところはどうなんだいと、お駒と嘉吉に訊けたら話は早いのだが、そんなことは、面と向かって訊けないし、仮に訊いたとしても、はぐらかされるのが落ちだと思う。どうもうまい手立てがなく、徳兵衛はうじうじと思い悩んでいた。

野良猫のまだらの仔が自身番の傍にいるようになった。よもぎ猫だ。まだらは仔猫の姿を見ると凄《すご》い形相で追い払う。自分の縄張りの内にいるなと言いたいらしい。母猫に牙《きば》を剝《む》かれるよもぎ猫は、一旦《いったん》は尻尾《しっぽ》を丸めて退散するが、またしばらくすると、自身番の板囲いの傍にひっそりと座っていた。

木枯らしが容赦なく吹きつけると、よもぎ猫の毛が逆立っているように見えた。木枯らしを必死で堪えているよもぎ猫が徳兵衛は不憫《ふびん》だった。元気がないのは少し具合が悪いのかも知れない。

　徳兵衛はよほど中に入れてやろうかと思うが、自身番で猫を飼うなど聞いたことがない。煮干しを与えて見守るしかなかった。

　木場の材木問屋「相模屋《さがみや》」に奉公している泰蔵が仕事帰りに声を掛けた時も、徳兵衛は自身番の外でよもぎ猫に煮干しを与えていた。

「大家さん」

「おや、今、帰りかい」

　徳兵衛は着物の上に綿入れを羽織っている泰蔵に笑顔で訊いた。泰蔵は喜兵衛店の店子で嘉吉の隣りに住んでいる二十五の男である。

「そいつは、うちのるりときょうだいになるんですよね」

　泰蔵は、しゃがんでよもぎ猫の頭を撫でる。

　警戒心の強いのが野良猫の特徴だが、よもぎ猫はおとなしくされるままになっていた。泰蔵が飼っている白猫のるりも、まだらが産んだ猫だった。

「ああ。まだらは子離れしたつもりでいるようだが、こいつはまだ納得していない様子なのさ。傍をうろちょろして、まだらに邪険にされて可哀想《かわいそう》なんだよ」

「早く優しい飼い主を見つけな。おとなしくしてりゃ、きっと拾って貰えるからよ」

泰蔵は人に話すように言った。

「ところで、隣りの嘉吉に変わった様子はないかい」

徳兵衛は、ふと思い出して訊いた。

「変わった様子？」

「ああ。毎晩、嘉吉の所にお駒さんが訪ねて来るそうじゃないか。おふよが心配してるんだよ」

「お駒さんについちゃ、特に気になったことはねェですよ。金時の餓鬼がやって来て、嘉吉に泣きながら喋っていたことはありやすが」

「いつのことだい」

「二、三日前です。おいらはおっ母ァの傍にずっといたいとか、よそに行きたくないとか、そんなことを喋っていやしたぜ。もしかして、あの餓鬼のてて親《おや》が引き取りに来るんじゃねェですか」

徳兵衛は泰蔵に返答せず、黙ってよもぎ猫を見つめた。泰蔵の予想は当たっているかも知れない。寅吉が風太の父親に連絡をつけたのだろう。このまま風太を金時に置く訳にもいかないからだ。

「それで嘉吉は何んと応えていた？」

「おっ母ァの言う通りにしろと宥めていたようですよ」

「そうかい」

「あの餓鬼も不憫ですね。せっかく山本町の暮らしになじんでいたのに」

「そうだね」

「ま、人んちのことは他人がとやかく言うことでもありやせんが」

「ああ、なるようにしかならん」

徳兵衛は低い声で応えた。

「さいです。あ、そうそう、今日、佐賀町の大工が木場に来て喋っていたんですが、小川屋の若旦那は、昨夜《ゆうべ》、亡くなったそうですぜ」

泰蔵の話に徳兵衛の心ノ臓《しんぞう》がどきりと音を立てた。

「死んだってか……」

「へい。まだ三十二だそうですね。そんな話を聞くと、あくせく働いているのがばかばかしくなりやすよ。どうせ人は死ぬんだ、好き勝手やった方がいいんじゃねェかってね」

「そういう了簡《りょうけん》はいけないよ。人は寿命が尽きるまで生きていなくちゃならないんだ。お前も娘の花嫁姿を見るまでは、元気でいなけりゃいけないよ」

泰蔵には離れて暮らしている娘がいた。娘を持ち出されると、泰蔵は、はっとした顔になった。

「へい、娘のためにしっかり働きやすよ」と、殊勝に応える。

「通夜《つや》は今晩になるんだろうか」

「へい。そのようですぜ」

「わかった。知らせてくれてありがとよ。うっかりして義理を欠くところだった。お前のお蔭《かげ》で助かったよ」

「とんでもねェ」

泰蔵はそう言うと、よもぎ猫の頭をもう一度撫でて、にゃんにゃん横丁に去って行った。

後のことは富蔵に任せ、徳兵衛は弔いに出かける用意をしなければならない。風が少し収まるといいのだが。徳兵衛は灰色の空を見上げ、深いため息をついた。

七

小川屋の通夜は、恐ろしく沈痛な雰囲気に包まれていた。総領息子を失った両親の嘆きはもちろん、まだ娘のようなおなおが喪服姿で弔い客に頭を下げている姿が徳兵衛には気の毒でならなかった。老舗の小川屋のこと、通夜の客も尋常ではないほど多かった。おなおに悔やみの言葉を掛けたかったが、焼香するだけでも長い列が続いていたので、僧侶《そうりょ》の読経《どきょう》が済むと、そそくさと徳兵衛は小川屋を出た。

これから、おなおはどうなるのだろう。徳兵衛はそればかりが案じられた。

まっすぐ東平野町の家に戻る気にはなれなかった。徳兵衛の足は自然にこだるまへ向かった。

おふよは油障子を開けた徳兵衛に「ちょいとお待ち。お清めの塩を振るからさ」と、心得顔で言った。

清めの塩を振ってから飯台《はんだい》の前に腰を下ろすと、おふよは黙って徳兵衛の前に猪口を置いた。

「浮かない顔だね。辛かったかえ」

おふよは暗い表情の徳兵衛に訊いた。鉄平の通夜だったことは知っていたらしい。

「ああ。若い者の弔いはいやだよ」

徳兵衛は子供のような口調で応えた。

「そうだね」

ちろりの燗がつくと、おふよは徳兵衛をいたわるように酌をした。それから青菜のごまよごしの小鉢を差し出した。

「風太、行っちまったよ」

おふよはさり気なく続けた。

「実のてて親が迎えに来たのかい」

「ああ。継母《ままはは》らしいのも一緒にいたよ」

「それはよかった。子供にはふた親がいた方がいいからね」

「それでも、あの風太の奴、おっ母ァ、おっ母ァって、泣きながらお駒さんにしがみついていたよ。それを嘉吉が無理やり振りほどいてさ、嘉吉だって、おいおい泣いていたんだよ。見ていられなかった」

おふよは前垂れで眼を拭って話を続けた。

「お駒さん、風太の姿が見えなくなるまで、じっと突っ立っていたよ。寅吉が、ささ、中に入ろうと言っても、聞きゃあしない。ただ泣いているばかりだった」

酒が苦く感じられる。今日は何んて日だ。辛い悲しいことがいっぺんに訪れた。神さん、仏さんは、少し考えたらどうなんだと徳兵衛は恨み言を言いたい気持ちだった。

「お駒さんも当分の間は辛いだろうが、その内に風太のことは忘れられるさ。時ってのはありがたいよ。時が経《た》てば、どんな辛いことも悲しいことも自然に収まるからね」

おふよは、ようやく、さばさばした口調で言った。

「そうだな」

「早く子供が授かればいいのさ。それが一番の薬だ」

「……」

おふよは簡単に言うが、果たして寅吉とお駒の間に、そんなことがあるのだろうかと徳兵衛は訝《いぶか》しむ。その時の徳兵衛にはどうしても、そうは思えなかった。

あれは予感だったのだろうか。徳兵衛は後で思ったものだ。

霜月の晦日を明日に控えた夜、寅吉は慌ただしく自身番にやって来た。お駒が湯屋へ行くと言って出かけたきり戻らないというのだ。

岩蔵は「長湯になっているんじゃねェか」と呑気に応えたが、時刻は四つ（午後十時頃）に近かった。

徳兵衛も、そろそろ喜兵衛店の門口の鍵を閉める時刻だったので、その時は自身番にいた。

「湯屋の帰りに嘉吉の所に寄っているかも知れないよ」

徳兵衛はさり気なく口を挟んだ。

「嘉吉の？」

寅吉は呑《の》み込めない顔で訊く。

「お駒さんは洗濯物や食べる物を時々、届けていたそうだから」

「知らねェ」

寅吉はぶっきらぼうに言ったが、その表情はおどおどしていた。寅吉は悪い想像を必死で追い払おうとしていたのだ。

「嘉吉の所へ行ってみるけェ？」

岩蔵は寅吉を促《うなが》した。寅吉は唇を嚙《か》み締めて肯いた。徳兵衛も気になるので一緒について行った。

だが、嘉吉の家は灯りが消えていた。

寅吉が大声で呼んでも嘉吉が出てくる様子はなかった。

隣りの泰蔵が何事かと、寝間着姿のままで外に出て来た。

「ああ、泰蔵。嘉吉がどこに行ったか知らないか」

徳兵衛は早口で訊いた。

泰蔵は寅吉を見て気後れを覚えた様子で、俯いたまま言葉に窮した。

「そのう……」

「どうした。知っていることがあったら話せ」

岩蔵は声を荒らげた。

「夕方、お駒さんが来て……それで、がたがた物音がして、何んだかひどく慌てた様子で、二人は出て行きやしたぜ」

ようやく泰蔵が応えた時「くそッ！」と寅吉は搾《しぼ》り出すような声で吼《ほ》えた。

「駆け落ちかい。何んてこった」

岩蔵は月代の辺りをぽりぽりと掻《か》いた。

門口から下駄の音が聞こえたので、そこにいた者が一斉に振り返ると、こだるまの帰りのおふよだった。

「どうしたんだえ」

おふよは怪訝な表情で訊いた。

「おふよの心配が当たってしまったよ。お駒さんは嘉吉と駆け落ちしたらしい」

徳兵衛がそう言うと、おふよはしばらく何も応えなかった。

「ま、そうと決まったことでもねェから、寅吉さん、少し様子を見ようや」

岩蔵は思い直して寅吉を慰めるように言ったが、それは慰めとはならなかった。あいつ等、戻って来たら、ぶっ殺してやると息巻いた。

「風太がいたらよかったのにねえ。お駒さん、張り詰めた糸がぷつんと切れてしまったんだよ」

おふよはお駒の気持ちを考えて言った。

「おれは何んなんだ！　お駒の亭主だぞ」

寅吉はおふよに喰って掛かる。

「さあねえ」

おふよは醒《さ》めた眼で寅吉を見つめた。寅吉に同情しているふうはなかった。何も彼《か》もお前の蒔《ま》いた種だろうがという顔だった。

寅吉は気持ちが少し落ち着くと、その場にしゃがんで男泣きした。

「お駒さん、蛤になったのさ。ね、そうだろ？」

おふよは一茶の句を思い出して言う。そうかも知れないと徳兵衛と岩蔵は思った。ただ一人、訳のわからない寅吉だけが「こんな時に何を喋っているんだ」と泣きながら怒っていた。

蛤になったのはお駒だけではなかった。小川屋の鉄平の四十九日が過ぎた頃、徳兵衛はおなおの噂《うわさ》を聞いた。

おなおは鉄平の弟の助三郎《すけさぶろう》と一緒になるという。それはおなおの意思ではなく、小川屋の主と内儀《ないぎ》の考えによるものだったらしい。

小川屋を続けるため、身寄りのないおなおの身の振り方を考えた上での苦肉の策だったのだろう。

どうしようもないことと思いながらも徳兵衛はやり切れなかった。

おなおの顔から笑顔が消え、人の眼をまともに見られず、いつも俯いているという。世間があれこれ言っているのが、おなおには辛いのだろう。

あんたは悪くないよ、仕方がなかったんだよ、と徳兵衛はおなおに言ってやりたかった。

必要なこと以外、口を利かなくなったおなおは海の底で堅く蓋《ふた》を閉じている蛤そのものだった。ピーチクパーチク囀《さえず》っていた雀が冷たい海に入れば、囀ることもできないはずだ。

俳人一茶は、ただ唐土の謂《いわ》れを俳句に引用しただけなのだろうか。何か哀れを催すようなことが一茶の周りに起きたのではないか。

徳兵衛は一茶の句を呟きながら、そんなことを考えていた。

結局、嘉吉も店賃《たなちん》を払わずに去って行った。喜兵衛にまた嫌味を言われるのかと思うと、徳兵衛は気が重い。それに加えて、面倒を見ていたよもぎ猫も死んでしまった。迎えた師走《しわす》は、徳兵衛にとって、ことの外、辛い月に感じられるのだった。

香箱を作る

一

山本町の喜兵衛店《きへえだな》に新しい店子《たなこ》が入ったのは年が明けて間もなくのことだった。いや、その前に師走《しわす》の半ば過ぎに裏店を借り受けたいと商家の手代ふうの男が訪れ、大家の徳兵衛《とくべえ》は、その男を喜兵衛店の空き家に連れて行き、中の様子を見せた。年の頃、二十三、四の若い男だったから、女房になる女と所帯を構えるつもりで家探しをしているのだろうと徳兵衛は思った。

男は建てつけの悪い油障子や、赤茶けた畳を見て小さなため息をついた。無理もない。建ててから三十年以上も経《た》つ棟割《むねわり》長屋は新築の時から安普請《やすぶしん》があからさまにわかる代物《しろもの》だった。

徳兵衛が二十代の頃、にゃんにゃん横丁に火事が起き、一帯が丸焼けになったことがあった。その時、にゃんにゃん横丁に土地を持っていた地主も焼け出された。地主は本所の娘夫婦の許《もと》へ身を寄せる際、蛤《はまぐり》町の呉服屋「増田屋」に自分の土地を買わないかと持ち掛けたらしい。増田屋の先代の主《あるじ》は息子の財産に残すつもりでその土地を買い、裏店を建てた。木場の材木問屋から安い材木を回して貰《もら》い、大工の手間賃も値切るだけ値切り、とにもかくにも三ヵ月後には喜兵衛店と名づけた棟割長屋が完成したのだ。喜兵衛店は増田屋の息子の名前に因《ちな》んでいる。

新築の時は安普請ながら借り手は多かったという。だが、年月とともに土間口の油障子は歪《ゆが》み、壁には亀裂《きれつ》が走り、所々、腐った板屋根は雨漏りもする。利口な店子は小金を溜《た》めて、さっさとよそへ引っ越して行った。後に残った店子は、よそへ引っ越す力もない者ばかりだった。

空き家が目立つ喜兵衛店に新しい店子が入ってくれるのは、大家を任されている徳兵衛にとっても大いに助かる。徳兵衛は湯屋《ゆや》と髪結床《かみゆいどこ》がすぐ近くだとか、豆腐屋や八百屋、煮売り屋なども近所にあるから、めしの仕度をするのに便利がいいとか、干鰯《ほしか》問屋《といや》の番頭をしていた頃の如才ない口調で男へ熱心に勧めた。むろん、都合の悪いことは喋《しゃべ》らない。店子の中には大酒飲みの川並鳶《かわなみとび》がいて、酔った勢いで派手な喧嘩《けんか》をやらかすとか、斜め向かいに住むおふよという女は口うるさく、土間口前を散らかしていようものなら、凄《すご》い剣幕で文句をつけるとか、野良猫《のらねこ》がうろちょろして、盛りのついた時期はやかましくて眠られないとか、その猫が人の見えない所でふんや小便をするので、路地裏を歩く時は気をつけなければならない、などなど。

男は徳兵衛の話を「はあ、はあ」と、気のない様子で聞いた。

どうも手ごたえがないなと徳兵衛は半ば諦《あきら》めかけた。だが男は徳兵衛が話を終えた時、意外にも「そいじゃ、お借りするということで」と、あっさり応《こた》えた。

「よ、よろしいんですか」

徳兵衛の声が思わず上ずった。

「ええ。店賃と、それから新しく入る時の掛かりを教えて下さい」

男は淡々とした表情で言う。店賃は六百文で、晦日《みそか》に翌月の分を前払いして貰う形になっていること、最初の月だけ、権利金代わりの樽代《たるだい》を店賃に上乗せして貰うこと、年に何度か、店子総出で井戸替えとか、どぶ浚《さら》い、餅搗《もちつ》きなどがあるので、その時は協力してほしいことを伝えた。

「わかりました」

男は素直に応えた後で、いきなり、向こう一年分の店賃を前払いしたいと切り出した。

徳兵衛は仰天した。樽代を含めると、締めて一両二分以上である。

裏店の店子は、店賃を溜めることはあっても、一年分を前払いする例は聞いたこともない。

「あんた、まさか訳ありなんじゃないのかい」

徳兵衛は怪しむような眼を男に向けた。

男は「やっぱり、変に思われますかい」と、悪さがばれた子供のような表情で言った。

「当たり前ですよ」

徳兵衛は、むっとして応えた。

「申し訳ありません。実は、ここをお借りするのは手前でなくて、うちの大旦那《おおだんな》様なんですよ」

「大旦那？　あんた、どこのお店の人なんですか」

徳兵衛がそう訊《き》くと、男は米沢町にある老舗《しにせ》の薬種屋「五十鈴屋《いすずや》」だと応えた。徳兵衛は、さらに仰天した。五十鈴屋は間口六間もあるれきとした大店である。その大店の主が、何が哀《かな》しくて裏店住まいをしなければならないのかと思った。

「実は大旦那様は大《おお》お内儀《かみ》さんの女婿《むすめむこ》に入った方でして、長い間、お店のために身を粉《こ》にして働いて参りました。去年、息子さんに……つまり、今の旦那様に商売を譲り、隠居したんですよ。それで、これからは少し気儘《きまま》に暮らしたいとお考えになり、ここの裏店を借りる手はずをつけるようにと、手前に言いつけたんでございます。大旦那様は前々から、ここに目をつけていらしたようです」

「そりゃまた、どうして」

「さあ、それはよくわかりませんが」

「まあ、事情はわかりました。お家の商売が見えない所で暮らしたいということなんでしょう。隠居なさっても、お店と続いている家にお住まいじゃ、どうしてもご商売のことが気になってしまいますからね。九尺《くしゃく》二間《けん》の狭い長屋ですが、夫婦二人で暮らすだけなら十分かも知れませんよ」

徳兵衛がそういうと、男は居心地悪そうに「あの、お住まいになるのは大旦那様だけです」と、おずおずと言った。

「大お内儀さんはご一緒じゃないんですか」

「ええ……」

「そいじゃ、台所をする女中さんがつくとか?」

「いいえ。大旦那様は独り暮らしをなさるおつもりです」

「ちょっと、大丈夫かねえ。大旦那様って幾つになるんですか」

「へい。確か五十四とか」

自分より一つ年下である。その年頃は大丈夫と言えば大丈夫、心配と言えば心配な、微妙な年齢である。

「それで、ちょいと畳や油障子の具合が悪いので、手を入れさせていただきますが、よろしいでしょうか。もちろん、掛かりはこちらで用意致しますので」

男は、さっさと話を進める。

「それは構いませんが……」

裏店の手直しは本来なら家主である増田屋喜兵衛の掛かりになるのだが、五十鈴屋が勝手にそうしたいと言うのだから、敢《あ》えて余計なことを吹き込む必要もないと徳兵衛は思った。仮に手直しが必要だと増田屋に言っても、あの男なら素直にうんと応えるはずがない。

「そいじゃ、ご面倒でしょうが、店賃と、もろもろをお支払いしたので、受け取りを書いて下さいまし。何しろ大旦那様は銭勘定にうるさいお方なもので」

男は早く帰りたい様子で徳兵衛を急《せ》かした。

「わかりましたよ。それで、大旦那様は、いつこちらへ？」

「そうですね。大晦日と正月は何かとお忙しいので、年が明けてからということになるでしょう。年内に畳屋と大工を寄こしますから、よろしくお願い致します」

男は早口に言った。

「念のため、お前さんの名を聞いておきましょうか」

「これは申し遅れました。手前、五十鈴屋の手代をしております多助でございます。以後、お見知り置きを」

多助は慌《あわ》てて頭を下げた。しっかりしているような、いないような中途半端な感じの手代だった。しかし、大旦那と呼ばれる人からは信頼されているようだ。

「は、はい。こちらこそ。わたしは大家を任されている徳兵衛です。家主さんは蛤町の増田屋さんなので、覚えていて下さいよ」

徳兵衛はそう言うと、自身番に男を連れて行き、そこで受け取りを書いて渡した。多助はそれを懐《ふところ》に納めると、そそくさと自身番を出て行った。

樽代は徳兵衛の実入りになるが、残りは家主の増田屋喜兵衛の取り分である。喜兵衛は正月前に、ちょいと纏《まと》まった金が入り、大いに喜ぶだろうと思った。

「新しい店子かい」

自身番の書役《かきやく》をしている富蔵《とみぞう》が訊いた。二人は大家と書役というより、子供の頃からの友人同士なので、気軽な口を叩《たた》き合う。

「いや、あの若いのが入るんじゃないよ。店の大旦那だそうだ」

「ええっ？　何んでまた」

富蔵は不思議そうに訊く。

「倅《せがれ》に商売を譲って隠居したから、これから気儘に独り暮らしがしたいそうだよ」

「酔狂な御仁《ごじん》だね。どこのどなたなんだい」

「米沢町の五十鈴屋だよ」

「こりゃまた」

富蔵は愉快そうに自分の額をペチリと叩いた。大店の主が裏店暮らしを始めるのだから、さぞかし近所の評判にもなろう。人にあれこれ仔細《しさい》を訊《たず》ねられるかと思うと、徳兵衛は何やら煩《わずら》わしい気持ちだった。

手代の多助が言った通り、間もなく喜兵衛店に畳職人と大工が訪れ、赤茶けて毛羽立《た》った畳は外へ出され、代わりに目にも鮮やかな青畳が敷かれた。大工は土間口の油障子をすんなりと開け閉てできるように鉋《かんな》で削り、屋根の雨漏りを防ぐための手直しもした。

さらに左官職人も訪れ、汚れて罅《ひび》の入った壁を塗り替えた。喜兵衛店の一軒だけ、まるで御殿になったようだった。

二

五十鈴屋彦右衛門《ひこえもん》は年が明け、松が取れると身の回りの物を載せた大八車《だいはちぐるま》を多助に引かせ、喜兵衛店にやって来た。

多助は荷物を中へ運ぶと、用意してきた手拭《てぬぐ》いを持って、裏店の住人達へ一軒ずつ、丁寧に挨拶《あいさつ》して廻った。しかし、彦右衛門はその間、ずっと家の中にこもったままだった。

挨拶が済むと、多助は大八車をそのままにして、門口《かどぐち》の外へ出て行った。しばらくすると、山本町の表通りに暖簾《のれん》を出している蕎麦屋《そばや》「長寿庵」から、大量の引っ越し蕎麦が店子達に届けられた。

自身番にいた徳兵衛と富蔵、岡っ引きの岩蔵《いわぞう》にも引っ越し蕎麦が振る舞われた。

三人は、さすがに五十鈴屋の大旦那だと現金に褒《ほ》め上げたものだった。

何が気儘な独り暮らしだと、徳兵衛は時間が経つほどに思うようになった。多助は三日にあげず彦右衛門の所へ訪れ、買物など、あれこれ用事を足すし、五十鈴屋の女中も訪れて洗濯や掃除をしていく。

彦右衛門は、朝起きると、寝間着のまま外へ出て、土間口前に置いた植木鉢に水遣《みずや》りをする。それが済むと、傍に置いた床几《しょうぎ》に腰掛け、ゆっくりと煙管《きせる》を吹かす。お節介のおふよが「お茶を淹《い》れましょうか」と声を掛けたのが運の尽きで、毎朝、「おふよさーん、わし、喉《のど》が渇いたよう。茶を持って来ておくれよ」と催促する始末だった。

「全く、いけ図々しいにもほどがある」

おふよは自身番にやって来て、愚痴《ぐち》をこぼした。

「やっぱり、独りじゃ何もできないようだね。わしもそうじゃないかと、うすうす思っていたんだが」

徳兵衛はおふよの話を聞きながら、ため息混じりに言った。

「でもさ、女中や手代がいつもいる訳じゃないから、朝ごはんは抜きさ。昼近くになると長寿庵にふらりと出かけて朝昼兼用のかけ蕎麦なんぞを食べているらしいよ。夜はうちの店で晩ごはんを食べているんだよ。おふよさんの手伝ってる店だから、気楽だとか何んとか言ってさ」

おふよは、にゃんにゃん横丁の一膳《いちぜん》めし屋を夜だけ手伝っている。

「そいじゃ、こだるまの亭主は得意客が増えて喜んでいるだろう」

富蔵が口を挟んだ。こだるまはおふよが手伝っている店の名である。

「でも、手前《てめ》ェじゃ一文も払わないんだよ。皆、ツケさ。店の親方は晦日にちゃんと払ってくれるだろうかと心配しているのさ」

「それは大丈夫だろう。何しろ相手は五十鈴屋なんだし」

徳兵衛はおふよを安心させるように言った。

「あたしも親方にそう言ったよ。大旦那が払ってくれない時は、あの蚊とんぼのような手代に言えば何んとかしてくれるだろうって」

「楽しいのかねえ、大旦那は」

徳兵衛は床几に腰掛けて煙管を吹かしていた彦右衛門の表情を思い出して言った。存外愛嬌《あいきょう》のある顔は、張り出た額のせいかも知れない。子供の頃、きっと「でこっぱち」と渾名《あだな》をつけられただろうと思う。

「金さえあれば、何をしたって楽しいだろうよ。あのでこっぱちにとっちゃ、にゃんにゃん横丁だって極楽さ」

自分の思っていたことを先におふよに言われ、徳兵衛は眼をしばたたいた。

「おふよ。そんなことを言ってると、話をしている途中でぽろりと出るよ」

「何がぽろりと出るのさ」

「だから、でこっぱちが」

そう言うと、おふよはアハハと笑った。

「年寄りの弛《ゆる》んだふんどしでもあるまいし、おふよは、迂闊《うかつ》なおなごじゃないから、そこは心配しなくていいわな、徳さん」

富蔵も笑いながら言った。

「富さん、年寄りの弛んだふんどしって、何んの謎《なぞ》だえ」

おふよは怪訝《けげん》な眼になった。世の中のことは何んでも知っているような顔をしているくせに、謎をからめた地口《じぐち》（冗談）の類《たぐい》には弱い女である。特に下《しも》がかった話には若い娘のように顔を赤らめる。

「時々、ぽろりと金《きん》が出るってね」

富蔵は得意そうに応《こた》えた。

「いやだよ、この人は」

おふよは眉間《みけん》に皺《しわ》を寄せて富蔵の腕を叩いた。

「しかし、五十鈴屋の大旦那は、どうして喜兵衛店に住もうと思ったんだろうね。手代の話じゃ、大旦那が前々から目をつけていたと言っていたが、どうもわしには理由がわからないんだよ」

徳兵衛は遠くを見るような眼で言った。

「子供の頃、喜兵衛店の近くに住んでいたんじゃないのかい」

富蔵がそう言うと、おふよは「馬鹿《ばか》をお言いでないよ。にゃんにゃん横丁は、あたし等《ら》の縄張りだよ。子供の頃から、どこに誰が住んでいるか、ちゃんと知っていた。あの大旦那はあたし等と同じような年頃だ。昔、住んでいたなら覚えているはずだ」と、怒ったような口調で応えた。

「それもそうだな」

富蔵は顎《あご》を撫《な》でながら肯《うなず》く。

「喜兵衛店の土地は、増田屋が前の地主から買い取ったものだ。あすこは前の地主の家と、二軒長屋が幾つか並んでいたと思うが」

徳兵衛は朧《おぼ》ろな記憶をたぐり寄せるように言った。

「そうそう。前の地主は、あちこちに土地を持っていて、地代で食べていた結構な身分の人だった。火事で焼け出されてから、本所の娘夫婦の所へ身を寄せ、そこで間もなく死んだんだよ。あの時の火事もひどかったね。あたしはお父っつぁんとおっ母さんが心配で、海辺大工町《うみべだいくまち》から駆けつけたものだよ」

おふよは当時、海辺大工町で亭主と亭主の両親、弟子達と一緒に住んでいたのだ。

おふよの嫁入り先は、昔から指物師《さしものし》を生業《なりわい》にする家だった。

「焼け死んだ人も何人かいたんじゃなかったかい」

徳兵衛も佐賀町の干鰯問屋に住み込みで奉公していたが、やはり両親の住む東平野町の家が心配で様子を見に来ていたので、当時のことは覚えていた。

「ほら、母親と二人暮らしをしていたおひちちゃん、腰を抜かした母親を助けようとして煙に巻かれ、親子ともども死んだんだよね。親孝行な娘でさ、お針の内職をしながら細々と暮らしていたんだよ。あの時、娘盛りの十七、八だったよう」

おふよは思い出して涙ぐんだ。

「そうだったねえ。可哀想《かわいそう》な娘だ。これからだって時に」

徳兵衛も低い声で言った。

「酔っ払って逃げ遅れた川並鳶も焼け死んだんじゃなかったかな。確か新太郎《しんたろう》という若い者だったが」

富蔵も、ふと思い出して言う。

「そうそう。火元は新太郎の家だって噂《うわさ》だった。酔っ払って行灯《あんどん》を蹴飛《けと》ばしたか、寝たばこの不始末だったそうだ。ま、それが本当の話なら、あいつが焼け死んだのは自業自得というものさ」

おふよは小意地悪く吐き捨てた。思い出話を語っても、彦右衛門が喜兵衛店に住もうとした理由には結局行き当たらなかった。

「おう、お三人さん、お揃《そろ》いだね」

町内を見廻りして戻った岡っ引きの岩蔵がにッと笑って自身番に入って来た。

「親分、ごくろうさま」

おふよはそう言って腰を浮かし、岩蔵が座れる場所を作った。

「おもしれェ話がある」

岩蔵は胡坐《あぐら》をかくと、気を引くように三人の顔を見回した。

「何さ、親分」

おふよは急須《きゅうす》に湯を注ぎながら訊いた。

「五十鈴屋の大旦那がよう、泰蔵《たいぞう》の猫に話し掛けていたのよ。大旦那はるりの奴《やつ》に、人にものを喋るように言うのよ。何んだかなあ、この世の中はなあってな」

るりは彦右衛門の隣りに住む泰蔵という男が飼っている真っ白な猫のことだった。

「大旦那は喜兵衛店に来て、世の中の無常を感じているんですかねえ」

徳兵衛はしみじみした口ぶりで言った。

「知らねェなあ。ま、わび住まいだから、それもまた乙だろうさ。おれが言いてェのはそれじゃねェ。るりは、しばらく大旦那の話を黙って聞いていたが、くいっと首を持ち上げてよ、大旦那の面《つら》を眺め、何んだかなあって、鸚鵡返《おうむがえ》しに応えやがった。大旦那の驚いたの何んのって。お前、今、喋ったね。人に聞かれたら事だから、よそで喋るんじゃないよと慌てて念を押したんだよ。おれァ、門口の陰から覗《のぞ》いていたが、慌てて身を隠したわな。だが、笑いを堪《こら》えるのがてェへんだった」

岩蔵は思い出して掌《て》を口に押し当て、くっくと笑った。るりがものを喋るのは徳兵衛も以前に、おふよから聞いていた。鮪《まぐろ》を餌《えさ》に与えられたるりは興奮のあまり「まぐろ、うまい」と言ったそうだ。徳兵衛は直《じか》に耳にしてはいないが。

その伝でいくと「何んだかなあ」もあり得ないことではないだろう。

「るりは利口な猫だ。母猫のまだらも利口だから血筋を引いたんだろう」

富蔵は感心した顔で言った。

「あの大旦那は、いつまでここにいるんだか」

岩蔵はおふよの淹れた茶を啜《すす》ると、真顔になってため息をついた。

「向こう一年の店賃は前払いして貰っているんですから、親分はあまり心配することはありませんよ。飽きたら米沢町に戻るでしょうよ」

徳兵衛は他人事《ひとごと》のように言った。

「何が気に入ってここへ来たものやら」

岩蔵は腑《ふ》に落ちない様子で、またため息をついた。

三

彦右衛門が喜兵衛店に住んで、ようやくひと月が経った頃、羽織姿の貫禄《かんろく》のある女が彦右衛門を訪ねて来たという。

そのことを徳兵衛はおふよから聞いた。その女は、どうやら彦右衛門の女房らしく、いつまでこんな所に住んでいるのだと、文句を言っていたらしい。

女房は自分の言いたいことをまくし立てたが、彦右衛門は、ああとか、ううとか、気のない返答をしていたようだ。

女房にすれば、たとい気儘《きまま》な隠居暮らしとはいえ、何も好きこのんで、裏店暮らしをすることはあるまい、世間体を考えろと言いたかったのだろう。おふよは女房の気持ちもわかると言っていた。

そんなことがあって、しばらくした夜、徳兵衛は富蔵と一緒に、おふよが手伝っている一膳めし屋のこだるまを訪れた。

春の気配をそろそろ感じてはいたが、江戸は思わぬ寒さに襲われ、季節外れの雪まで降るありさまだった。

「全く、気候はどうなっちまったんだか、この時季に綿入れを引っ張り出す始末だよ」

徳兵衛はぼやいて、おふよに熱燗《あつかん》を注文した。

「本当にね。親方が大根を煮たよ。どうだえ。温まるよ」

おふよは徳兵衛と富蔵の前に猪口《ちょこ》を置きながら言う。

「そうかい。そいじゃ、いただこうかね。年寄りになったら、身体《からだ》を冷やすのが一番いけないらしいからね」

徳兵衛は自分に言い聞かせるように言った。

「さぶいと小便の切れが悪くて駄目だな。振り切ってふんどしに収め、二、三歩、歩き出した途端、たらりとくる」

富蔵も近頃の体調の変化を冗談交じりに言う。

「また、そんなことを言って」

おふよは顔をしかめた。

「男ばかりじゃないよ。うちの嬶《かか》ァだって、くしゃみをした途端に、そわそわすることがある。おれァ、ははん、こいつ洩《も》らしたなと思うのよ。おふよさんもそうだろ?」

富蔵は訳知り顔で訊く。

「おあいにく。あたしゃ、まだ下《しも》は弛んでおりませんから」

おふよはぷりぷりして、燗をつけたちろりを乱暴に置いた。恐ろしいほどの熱燗だった。

「この寒さじゃ、五十鈴屋の大旦那もさぞかし震えていることだろうよ。お店にいたら、ぬくぬくこたつに入っていられるのにさ」

徳兵衛は彦右衛門を慮《おもんぱか》った。おふよが徳兵衛に微妙な目配せを寄こしたと思ったら、彦右衛門が寒そうに油障子を開けて、入って来たところだった。噂をすれば何んとやらである。

「これはこれは大旦那。お晩でございます」

徳兵衛は如才なく挨拶《あいさつ》した。その夜は、こだるまも結構な客の入りだったので、彦右衛門は徳兵衛の隣りの席へ腰掛けた。

彦右衛門は黒い首巻きを外すと「おふよさん、いつものように」と、手短に言った。いつものようにで話が通じるのだから、さすが大店の主をしていた男だ。徳兵衛は妙なところに感心した。

彦右衛門のいつものようにには、ぬる燗の酒に、ひじきか切り干し大根の煮物の肴《さかな》、酒の後は、焼き魚としじみ汁でめしを喰うということらしい。

彦右衛門はひじきの煮物で、ちろりの酒をゆっくりと飲み始めた。彦右衛門がそうして飲んでいる様子は、ここが一膳めし屋であることを忘れさせる。深川で名高い料理茶屋の「平清《ひらせい》」にいたとしても彦右衛門の様子は変わらないだろうと徳兵衛は思った。

「大旦那。いかがですか、にゃんにゃん横丁の暮らしは。そろそろひと月が過ぎましたが」

徳兵衛はお愛想に話し掛けた。

「ふん、結構ですよ」

彦右衛門は、あっさりと応えた。無理をしているようには感じられない。

「天気のよい朝が一番結構ですな。おかみさん達が井戸の周りに集って世間話をしながら洗濯をしている。傍で猫が呑気《のんき》に香箱を作っている。それを見ると、わしはしみじみ泰平の世の中だと心が和むのですよ」

彦右衛門は笑顔で続けた。

「香箱を作っている……ですか」

徳兵衛は彦右衛門の言葉を繰り返した。猫が背中を丸めて蹲《うずくま》る様をたとえた言葉である。

意味はわかっていたが、わざわざそんなことを言う者は徳兵衛の周りにいなかった。徳兵衛は、また感心した。彦右衛門は渋紙色に陽灼《ひや》けした顔をしているが、襟元から見える膚《はだ》は、存外に白かった。

前には気づかなかったが、額に大きな黒子《ほくろ》があった。本人もそれを気にしている様子で、話の合間に、時々、指で黒子に触る。

「大旦那。そろそろお店に帰っちゃいかがです？　大お内儀さんもご心配なさっておいでのようですよ」

おふよは彦右衛門に酌をしながら、さり気なく言った。

「なあに。あいつなんざ、さほど心配するものか。毎日のように出かけているよ。大して用事もないくせに、手前ェじゃ一大事のような面をしてさ。行く先々でわしのことを訊かれるもんだから、体裁が悪くて引き戻しに来たんだよ。お前さんがいなくちゃ、あたしは寂しくてかなわないと言うならともかく、店の者に示しがつかないとか何んとか屁理屈《へりくつ》こねやがったから、わしも言ってやった。お前のでかい面は見飽きたってね。そしたら、泣きながら帰って行ったよ」

彦右衛門は溜飲《りゅういん》を下げたように応えた。

おふよは呆気《あっけ》に取られたような顔をしたが、その後で「ひどいことをおっしゃったものだ。大お内儀さんがお気の毒ですよ」と、窘《たしな》めるように言った。

「いいんだよ、おふよさん。わしは、あいつの我儘には、さんざん苦しめられて来たんだ。ようやく伜に商売を渡して自分の時間が持てるようになったんだ。これから先は、せいぜい好きにさせて貰《もら》うよ」

「それが大お内儀さんの顔を見ずに暮らすことですか」

おふよの口調に怒気が含まれた。いけない、と徳兵衛は緊張した。おふよの啖呵《たんか》が始まりそうだ。

「おふよ、余計なことは言わなくてもいいよ」

徳兵衛は釘《くぎ》を刺した。ぎらりと徳兵衛を睨《にら》んだおふよの眼は、悔しさで赤くなっていた。

「いいや。言わせていただきますよ。大旦那、大旦那のお気持ちはわかりますよ。さぞや家つき娘の大お内儀さんに手を焼いて来たんでござんしょうよ。でもね、その相手との間に五人も子供を拵《こしら》えて、今さら、でかい面は見飽きたなんざ、何んて言い種《ぐさ》だ。向こうだって、本当は大旦那と所帯を持ちたくなかったかも知れないじゃないですか。でも、家のため、お店のために辛抱なすったんだ。いいですか、お店を続けて来られたのは、何も大旦那一人が偉かった訳じゃありませんよ。大お内儀さんも、よそに行っては五十鈴屋をよろしく、亭主をよろしくと頭を下げていたからですよ。あてつけのように裏店住まいをして、それで大お内儀さんに仇《あだ》したつもりでいる。あたしゃ、そんな大旦那の了簡《りょうけん》が、きつう嫌いだよ」

こだるまの店内は、おふよの剣幕で水を打ったように静まった。こだるまの主の弥《や》平《へい》もどうしたらよいのか、おろおろした表情だった。

彦右衛門のツケは晦日に手代の多助が払いに来たという。支払いが確実なものとなれば、こだるまにとって彦右衛門は上客だった。せっかく摑《つか》んだ上客をおふよのひと言でふいにするのは弥平にとって困ることだった。

弥平はおふよを首にするかも知れないと徳兵衛は内心で思った。

彦右衛門は猪口の酒をゆっくりと飲み下すと「わしが五十鈴屋に小僧として住み込んだのは十歳《とお》の春だったよ。兄貴分に苛《いじ》められて、ずい分、辛《つら》い思いをした。だが、いつも優しく声を掛けてくれたのは、おさよだった」と、静かに口を開いた。

こだるまの連中は、彦右衛門が怒って、おふよに声を荒らげるものと身構えていたので、皆、ほっとして、また自分達の話を続けた。

「おさよさんとおっしゃるのは、大お内儀さんのことですね」

徳兵衛は彦右衛門の猪口に酌をしながら訊いた。

「ああ。こっそり菓子をくれることもあった。金平糖《こんぺいとう》が好きな奴でね、いつも千代紙に包んで袂《たもと》に忍ばせていたんだよ。ほら彦助《ひこすけ》、おあがりってね……その頃、お店じゃ彦助と呼ばれていたんですよ」

「へへ、その頃から大お内儀さんは大旦那にほの字だったとか」

富蔵は冗談交じりに口を挟んだ。

「さあ、それはどうですか。しかし、わしは五十鈴屋の娘と一緒になるなんざ、これっぽっちも考えたことがなかった。相変わらず、日中は手代や番頭さんに言いつけられた用事をこなすばかりでしたよ。店のめしも年がら年中、ひじきの煮つけと漬物ばかり。よくもあれで身体を壊さなかったものですよ。刺身を喰ったのは手代に直ってからだったな」

彦右衛門は昔を思い出して言う。

「ご苦労なさいましたね。真面目《まじめ》な働きぶりに先代の旦那様も眼を掛けていらしたんでしょう」

徳兵衛は持ち上げた。

「おさよの婿になる話は、わしが二十歳《はたち》を過ぎた頃に、おさよの父親から囁《ささや》かれた。しかし、わしは素直に喜べなかった。その頃、わしには好いた娘がいたんだよ。店に薬を買いに来たのが縁で口を利《き》くようになった娘さ。休みは滅多になかったから、外回りの仕事がある時に、こっそり娘の家を訪ねて、小半刻《こはんとき》（約三十分）ほど話をしていたよ。母親が傍にいたから勝手なことはできなかったが、わしは話ができるだけで満足していた。その内に母親の方から、いずれ娘を貰ってくれないかと言ってきた。わしはすぐに、おひちちゃんが承知してくれるのなら異存はないと応えていたんだ」

彦右衛門がそう言った途端、おふよは、ぎくりとこちらを向き「おひちちゃん……」と、切羽詰まった声を上げた。

「知っていたのかい、おふよさん」

彦右衛門は驚いた眼をおふよへ向けた。

その顔には、おふよに対して腹を立てている様子はなかった。

「火事で焼け死んだんですよ、あの子」

おふよは低い声で言った。

「ああ、そうさ。あの火事が起きたのは、おさよの婿に入ることを決心した後のことだった。その話を承知しなければ五十鈴屋で働き続けることはできないと思ったんだよ。大家さん、わかるだろう？」

彦右衛門は徳兵衛に相槌《あいづち》を求めた。徳兵衛は黙って肯いた。

「わしは八人きょうだいの下から二番目で、父親はとっくに死に、母親は一番上の兄貴の家で嫂《あによめ》に遠慮しながら暮らしていた。わしがおさよと一緒になれば、少しは母親がいい思いをすると計算も働いたんだよ」

彦右衛門は自嘲《じちょう》的な口ぶりで続けた。

「それは計算ではなくて浮世の義理ですよ」

徳兵衛は彦右衛門を庇《かば》うように言った。

「大旦那、堪忍《かんにん》して下さいな。あたしったら、事情も知らずに勝手なことをぺらぺらと」

おふよは前垂れで眼を拭って頭を下げた。

「おふよさんが謝ることはないよ。その通りなんだから。おさよはおひちのことは何も知らない。話せば、あいつが悲しい思いをすると思ってね。だけど、火事が起きたのは、わしが、おさよと一緒になることをおひちに打ち明けたすぐ後のことなんだよ。だから、死んだと知らされた時は、最初は自害かと思ったのさ」

「そう考えるのも無理はありませんよ」

徳兵衛はため息交じりに言った。

「おひちは自分の人生にとって、どんな意味があったのか、ずっと考えていた。だが、答えがわからなかった。だから、倅に商売を渡した時、おひちの住んでいた場所に自分の身を置いて、じっくり考えたいと思ったんだよ」

「それで、答えがわかりました？」

おふよは身を乗り出して訊く。

「ああ、わかった。五十鈴屋で働けなくても、江戸には薬種屋がごまんとある。よその店に奉公することもできたはずだ。よしんば、それが無理だったら定斎屋《じょうさいや》でもよかったんだ。つまり、おひちと一緒になる道もあったんだってね」

定斎屋は薬箱を天秤棒《てんびんぼう》で担《かつ》ぎ、引き出しの鐶《かん》をかたかた鳴らして歩く振り売りのことだった。

「でも、それにしても、火事でおひちちゃんが焼け死んだのは別のことだ。大旦那、仕方がなかったんですよ」

おふよは燗をつけた新しいちろりを持って来て、彦右衛門に酌をした。

「いや、もしもわしがおひちと生きる道を選んだとしたら、火事は起こらなかったと思えてならないのさ」

「火事は大旦那のせいじゃありませんよ」

おふよは、そう言ったが、彦右衛門の慰めとはならなかった。人生には、ふとした転機がある。右か左かどっちの道を歩むか選択しなければならない時もある。今ならわかることが、その時にはわからない。彦右衛門は三十年も前の自分の選択を、今も悔やんでいるのだった。

そんな彦右衛門が、徳兵衛には気の毒でならなかった。

四

山本町の近くにある木場は材木問屋が集っている地域である。材木問屋といっても様々で、広大な木場を抱え、大名屋敷の御用達《ごようたし》を引き受ける大店もあれば、町家の普請や改築専門の小店もある。

「信州屋」は山本町の西の外れにある材木仲買の店だった。材木置き場も手狭で、おおかたは客から注文を受けてから、懇意にしている材木問屋に仕入れに行くという商売をしていた。信州屋は店で大工を数人抱えていた。

客が材木を注文するということは、普請工事をすることだから、そこへ大工の手配をつけてくれるのなら、客は手間が省ける。また、大工も自分で仕事を探しに行くより、仲買人から仕事を回して貰う方が助かるというものである。

大工の源五郎《げんごろう》は喜兵衛店に夫婦二人で暮らしている。三人の息子達は独立して家を離れていた。源五郎は今年四十五歳になる男で、信州屋の抱えの大工だった。

信州屋では源五郎が一番年長で、普請工事の段取りを、ほとんど任されている。絵図面を見て、無駄なく必要な材木を用意する眼も肥えていた。

信州屋は太い商いこそしていなかったが、何んとか抱えの大工と、信州屋の主、奉公人を飢えさせないだけのことはしていた。

源五郎の長男と三男はよその親方の許で大工の仕事をしているが、次男坊だけは違った。

次男坊の佐源次《さげんじ》は幼い頃から利発で、ためしに手習所《てならいどころ》へ通わせると、どんどん能力を発揮した。近所の者は鳶が鷹《たか》の仔《こ》を産んだと噂した。

町内の町年寄りはそんな次男坊の優秀さを見込んで、竹原瑞賢《たけはらずいけん》という儒者へ弟子入りさせた。そこでも佐源次は他の弟子達より抜きん出ていたという。源五郎にとって、佐源次は自慢の息子であり、また生きる張りでもあった。瑞賢の屋敷に住み込みで働く佐源次へ、せっせと米や、少ないながら小遣いを運んだ。

佐源次は源五郎の期待に応えて学問に励み、ついには湯島の学問所で行なわれる学問吟味に総受験者中最年少で合格した。

学問吟味は旗本の次男坊や三男坊、小普請組《こぶしんぐみ》に所属する武士が合格して出世を願う方法でもあった。しかし、たかが大工の息子ではそれが叶《かな》わない。瑞賢は八方手を尽くして、佐源次が学問吟味を受験できるよう画策したのだ。

佐源次はそれから、瑞賢の助手として大名屋敷へ同行し、自らも藩士に講義をする立場となった。

最近、瑞賢が懇意にしているさる藩の藩主が寵愛《ちょうあい》する側室のために寮を建設しようと考えるようになったらしい。

下屋敷は別にあるので、そこは側室と藩主が水入らずで過ごす場所となる。嫉妬《しっと》深い正室の眼を逃れるためにも、藩主はそれを必要としたのだった。

候補に上がったのが信州屋のある場所だった。仙台堀を舟で東へ下り、吉岡橋から左の堀に入れば信州屋に辿《たど》り着く。堀は浄心寺《じょうしんじ》の裏手で堀留になっている。周りを寺で囲まれているので、閑静な地域であり、また人目にもつかない。

佐源次は信州屋を買収することには及び腰だった。父親が世話になっている店である。

すると瑞賢は、源五郎のことは心配するなと言った。相模屋《さがみや》でも須原屋《すはらや》でも、自分が口を利いて、源五郎に仕事ができるようにすると約束した。相模屋と須原屋は木場では一、二を争う大店だった。また源五郎が信州屋から離れる際には、かなりの額の仕度金も用意すると言い添えた。

佐源次は瑞賢の命を受け、ある日、喜兵衛店にやって来た。

裏店暮らしをする両親のために、佐源次は反物と小遣いを用意した。源五郎と女房のおたかは、もちろん涙をこぼさんばかりに喜んだ。佐源次が二人切りで話があると源五郎に言った時、源五郎は、さては祝言《しゅうげん》の話かと相好を崩し、佐源次をこだるまへ連れて行った。

源五郎が佐源次を伴ってこだるまに現れた時、彦右衛門はもちろん、徳兵衛と富蔵も居合わせていた。

おふよは「立派になったねえ、さげんちゃん」と、惚《ほ》れぼれするような眼になったし、彦右衛門も佐源次の話を徳兵衛と富蔵から教えられると「大したものですなあ」

と感心した。

源五郎と佐源次は小上がりに座り、しばらくは世間話に花を咲かせていたが、信州屋の話になって、源五郎の態度が急に変わった。

「おきゃあがれ！」

声を荒らげた源五郎に、徳兵衛はぎょっとして振り返った。佐源次は慌てて「親父《おやじ》、落ち着いてくれ」と宥《なだ》めた。

「源さん、大きい声を出しちゃいけないよ。せっかくさげんちゃんが訪ねて来てくれたのに」

おふよもさり気なく窘めた。しかし、源五郎は意に介するふうもなく、佐源次を睨んで話を続けた。

「大名だか何んだか知らねェが、畜生部屋を拵えるために信州屋を潰《つぶ》すたァ、どういう了簡でェ」

「潰すとは言っていないよ。信州屋さんには、どこか別の場所へ移って貰いたいだけだ」

「別の場所？　そんな場所がどこにある。空いた地所なんざ、ひとつもありゃしねェ。うちの親方は材木運搬人から身を起こして信州屋を立ち上げた人だ。お前ェが今あるのも親方がおれに仕事を回してくれたからなんだぞ。だいたい、お前ェにこんな話をさせる師匠も師匠だ。お前ェは師匠にいいように使われているのか」

「そうじゃないよ、おいらが先に話をした方が風通しがよくなるだろうと、先生は考えられたんだ」

「風通しがよくなるどころか、風の通り道を塞《ふさ》いだようなもんだ」

源五郎は苦々しく吐き捨て、猪口の酒をぐいっと呷《あお》った。

「この話を纏めたら、先生のお嬢さんと祝言ができそうなんだよ。だから、おいらのために信州屋の親方へ口を利いてくれよ」

佐源次は哀願するように言った。源五郎は黙り込んだ。承知するのだろうかと、徳兵衛は小上がりの二人から眼が離せなくなった。

「仕事のことなら心配しなくていいよ。親父一人ぐらい、相模屋や須原屋へもぐり込ませることはできるから」

佐源次は気を引くように続ける。

「おれ一人？　後の大工も皆、面倒を見てくれるのか？　信州屋が恙《つつが》なく商売できるように地所を見つけてよ、しかも、店を建ててくれるというなら、この話を受けてもいいぜ」

源五郎はふてぶてしく言った。

「そこまではできないよ。とにかく、親父の身の振り方だけは約束するよ。仕度金も用意できるそうだ。安く見積もっても十両は堅い。親父にとっても悪い話じゃない」

「呆《あき》れたな。全く呆れるよ。大工の倅が学問を積むってことは、こんなことになるのけェ。それなら、おれは倅の育て方を誤ったってことだ。ただ銭のため、出世のため、恩になった人に後足で砂を掛ける真似《まね》は、おれにはできねェ。お前ェが師匠の娘と祝言を挙げたあかつきには、実の親父が大工だったってことも隠すんだろうよ。手前ェ一人の頭で世に出たような面をしてよう。はばかりながら、この源五郎、目先の金で動くような男じゃねェわ。見損なうな。お前ェとは、親子の縁を切らして貰うぜ」

「源さん、何もそこまで」

おふよが見兼ねて口を挟んだ。

「おふよさんは黙っててくんな」

源五郎は振り向いておふよを制した。

「そうかい。わかったよ。だけど、親父がこの話を引き受けてくれないのなら、祝言はもちろん、先生の所へいることもできなくなるよ」

佐源次は意気消沈して言った。

「上等じゃねェか。さっさとそんな師匠の所からおん出てしまいな」

「その後、今さらおいらに何んの仕事をしろと言うんだい。大工の徒弟に入るには年を取り過ぎてしまったよ」

佐源次は俯《うつむ》いて言う。

「へへえ、師匠の所からおん出たら、大工の仕事しか残っていねェと思ったのかい」

源五郎はおもしろそうに訊く。

「だって、おいらは大工の伜だもの。他には考えつかないよ」

「心配すんな。おれがちゃんと仕込んでやる」

源五郎が豪気に応えた時、彦右衛門が振り返り「棟梁《とうりょう》、早まっちゃいけませんよ。せっかく湯島の学問吟味まで合格した息子さんを、大工の見習いにすることはないじゃないですか。そんなことをしたら、息子さんの今までの努力が無駄になる。ここは落ち着いて、いい方法を皆んなで考えましょう。わしがその師匠とやらにお会いして、ひとつ話を伺って参りましょうかね。師匠も立場ってものがありますから、やむにやまれず引き受けたことかも知れませんよ。信州屋さんのお話を断って、それで大事がないものか、それとも由々しき事態になるのかわかりませんからね」と、さすが世情に長《た》けたことを言った。

源五郎は、余計なことをするなとは言わなかった。五十鈴屋の大旦那の立場を慮ってのことだった。佐源次は上目遣いで彦右衛門を見つめ、こくりと頭を下げたが、安心した表情ではなかった。

五

信州屋は移転しなくても済んだ。彦右衛門がひと膚《はだ》脱いだお蔭《かげ》だった。

しかし、佐源次は師匠の所に居づらくなり、しばらくすると身の回りの物を持って、そっと師匠の屋敷を出た。頼る所は、結局、源五郎しかなかった。

佐源次は源五郎の所へ戻ってから滅多に外出もせず、家にこもったままだった。

「可哀想なことをしたよ」

彦右衛門は、そんな佐源次を見て言った。

しかし、大名屋敷の言い分を呑《の》めば、源五郎の仲間の大工は路頭に迷う。源五郎は

「これでよかったんですよ、大旦那。倅はまだ若けェ。幾らでも生きる道はありまさァ」と応えたそうだ。

燃えたらしい。

ていたが、音吉のあまりの頭の悪さに同情して、何んとか人並にしてやろうと意欲に

佐源次が傍にいるのを幸い、音吉に手習いさせてくれと頼んだ。佐源次は最初、渋っ

川並鳶の巳之吉《みのきち》には三人の息子がいて、一番下の音吉《おときち》は腕白盛りである。およは

ったた。

　少しぐらい頭を小突いても父親の巳之吉は文句を言わない。佐源次は音吉を可愛《かわい》が

り、湯屋にも一緒に行くようになった。そのお蔭で佐源次の表情も日増しに明るくな

った。

　案ずるより産むが易《やす》しとは、このことかと徳兵衛は思ったものだ。

　彦右衛門は佐源次の能力を惜しみ、山本町の町年寄りに佐源次が生きる術《すべ》はないも

のかと相談していた。その結果、町会所に子供達を集め、そこで手習所を開いてはど

うかという話が持ち上がった。町が幾らか金を出して佐源次を後押しすれば、町内の

子供達のためにもなる。徳兵衛はそれを聞いて、夜が明けるような思いだった。

　音吉は手習いの合間に、彦右衛門のお使いもまめまめしくするようになった。五十

鈴屋に出向いて彦右衛門の用事を伝えると、お駄賃が貰えるからである。

　音吉はお駄賃をせしめると、にゃんにゃん横丁の自身番の真向かいにある木戸番の

店に行って、菓子やおもちゃを手にしていた。

手習所の準備が本格的に始まろうとした頃、自身番に若い娘が訪れて徳兵衛を驚かせた。

その娘は、山本町界隈《かいわい》では滅多に見掛けない美麗な着物に身を包み、頭に飾る櫛《くし》や簪《かんざし》も上等の物だった。徳兵衛は最初、どこかの屋敷のお姫様かと思った。

それにしては伴《とも》の者もつけていないのが解《げ》せなかった。

「お訊ね致します。にゃんにゃん横丁の喜兵衛店は、どちらにございますでしょうか」

娘は気後れした表情だったが、自分を奮い立たせるように口を開いた。

「あんた、喜兵衛店の誰に用事ですか」

徳兵衛は娘の恰好《かっこう》をじろじろ見ながら訊いた。

「それはそのう……」

娘は顔を真っ赤にして俯いた。

「お見掛けしたところ、いい所のお嬢さんのようだ。ご両親はあんたが出かけたことを知っていらっしゃるんですか」

詰め寄ると、娘は、はっとして顔を上げ「ご無礼致しました」と、慌てて出て行こうとした。

「待ちなさい。あんたのような娘さんが一人歩きしていたんじゃ、よからぬ者に眼をつけられる。わたしは喜兵衛店の大家を任されている徳兵衛という者です。悪いようにはしませんから、落ち着いて話を聞かせて下さいな」

徳兵衛は娘をあやすように言い、自身番の中へ招じ入れた。富蔵も笑顔を拵え「今、お茶を淹れるからね。ああ、到来物の羊羹《ようかん》もあるよ」と言った。

二人の年寄りの顔を見て、娘はようやく安心した様子で、履物を脱ぎ、座敷に上がった。

「あんた、家はどこだい」

急須に湯を注ぎながら、富蔵はさり気なく居所を訊いた。

「本所の緑町です」

「そうかい。高橋《たかばし》を渡って来たんだね。よく一人でここまで来られたもんだ」

「ここに着くまで、ずっと胸がどきどきしておりました」

娘はそう言って、胸の辺りに掌《て》を当てた。

きれいな若い娘を目の当《ま》たりにすると、徳兵衛と富蔵は気持ちが自然に昂《たか》ぶった。若い娘はいい、実にいい。眼の果報である。

「で、あんたの名前は？」

徳兵衛は口をすぼめて茶を飲む娘に訊いた。

普段なら遠慮して茶にも手をつけないのだろうが、その時はよほど喉が渇いていたのだろう。

「わたくしは竹原瑞江《みずえ》と申します」

幼さが残る声が耳に快い。だが、竹原と聞いて、徳兵衛は、はたと思い当たった。

「あんた、佐源次のお師匠さんの娘さんかい」

そう訊くと「ご存じだったのですか」と、娘は驚いた顔になった。

「知っていたともさ。信州屋の一件で佐源次は、あんたのお父っつぁんの顔を潰してしまったんだろう？ それで破門になっちまったようだ」

「父は佐源次さんを破門になどしておりません。佐源次さんがご自分から、お役に立てなくて申し訳ないと、出て行ってしまったのです」

瑞江は必死で言い訳した。地蔵眉《まゆ》になつめ形の眼、細い鼻、おちょぼ口。佐源次でなくても、若い男なら瑞江のような娘を女房にしたいと思うはずだ。

「あんたと祝言を挙げる話もあったそうだが」

「ええ……」

「信州屋の話と一緒に、そちらもおジャンかい」

口を挟んだ富蔵の言葉に、瑞江はぽろりと涙をこぼした。

「富さん、何んてこと言うんだ。ほら、泣いちゃったじゃないか」

徳兵衛は富蔵を叱《しか》った。

「おれは別に……」

富蔵はもごもご言った後で「ごめんよ、お嬢さん」と謝った。

「いえ、構いません。その通りですから」

「それで、佐源次を諦め切れなくて、ここまで訪ねて来たんだね」

徳兵衛はようやく納得した。

「どれ、佐源次を呼んでくるか。今頃は家にいるだろう」

徳兵衛は腰を上げた。

「徳さん。おれが行くよ。徳さんはお嬢さんの話を聞いてやってくれ。おれが残ったんじゃ、また泣かせるようなことを喋ってしまいそうだからね」

富蔵はそう言って、下駄《げた》を突っ掛けて外に出て行った。

「これからどうするつもりなんだい」

徳兵衛は低い声で訊いた。

「わかりません。でも、他の人が夫となるのはいやだと思っております」

「そうかい……」

「わたくし、いつも問題が起きると、何んとかなると、自分に言い聞かせていたのです。でも、この度だけは、どうしても何んとかなりそうもなくて……」

「そうだねえ。時が過ぎれば何んとかなることもあるが、男と女の縁というのは難しくて、それっきりになる場合もある。だから祝言が纏まった時、ご縁があって、と仲人《なこうど》は口にするんだよ。佐源次とご縁があればいいねえ」

慰めにもならなかったが、徳兵衛はそう言うしかなかった。

ばたばたと足音が聞こえたので、佐源次がやって来たのだと徳兵衛は思った。しかし、自身番の油障子を開けて現れたのは岩蔵と羽織姿の痩《や》せた男だった。

「瑞江、こんな所で何をしている」

頭を総髪にした男は眼を吊《つ》り上げて怒鳴った。瑞江は恐ろしそうに徳兵衛に身を寄せた。

「本所で娘がいなくなったと大騒ぎだったのよ。深川でそれらしい娘を見たと聞くと、この親父さん、佐源次の所だと当たりをつけたらしい。佐源次のヤサを聞き回っていたところに、たまたまおれが出くわしたのよ。それで喜兵衛店にお連れするところだった。そこで富さんに会って、自身番に娘がいるとわかったんだ」

岩蔵は娘と父親の顔を交互に見ながら言った。

「男の後を追うなど、はしたない真似をして恥かしいとは思わぬのか」

父親の竹原瑞賢は徳兵衛と岩蔵に構わず、瑞江に詰め寄った。

「お父様こそ、ご自分のなさったことを反省して下さいまし。お殿様のご機嫌を取るために佐源次さんを利用なさったじゃないですか」

瑞江は気丈に口を返した。

「生意気を言うな。お前に何がわかる！」

瑞賢は容赦もなく瑞江に平手打ちを喰らわせた。

「やめて下さい。ここをどこだと思っているんですか。お上の御用をする町の自身番ですよ。勝手なことはなさいますな」

徳兵衛は瑞江を庇いながら厳しい声で言った。新たな足音が聞こえ、富蔵と佐源次が現れた。

「先生！」

佐源次は切羽詰まった声を上げた。

「ふん、お前には失望した。所詮《しょせん》、下々の生まれ。肝腎な時には役に立たぬ男だった。

殊勝にわしの前から姿を消したと思ったら、瑞江をそそのかす魂胆をしておったのだな。盗人猛々《ぬすっとたけだけ》しいとは、このことだ」

小意地悪く吐き捨てた途端、瑞賢の襟首をぐっと後ろに引っ張った者がいた。

おふよだった。

「何をする！」

瑞賢は邪険にその手を振り払っておふよに凄んだ。

「何をするとは、こっちの台詞《せりふ》だよ。何んだい、黙って聞いてりゃ、言いたい放題、出放題。あんた、何様のつもりなんだよ。冗談じゃないっつうの。盗人猛々しいだ？どうすれば、そんなことをほざけるんだよ。そのお嬢さんは、まともな娘だったから、さげんちゃんの後を追って来たんだよ。てて親のすることが我慢できなかったからさ。世え？　そうじゃないのかえ。右向けと言われりゃ右向いているような娘じゃない。世の中で何が大事か、ようくわかっているんだ。さげんちゃんについて行けば間違いないと勘が働いたんだ。いいかえ。男は理屈であれこれ言うが、女は勘で勝負するんだ。その勘は滅多に外れないよ。とくと覚えておきやがれ！」

「出ました」

富蔵が力のない半畳を入れた。

「小母さん、もうそれぐらいで勘弁して下さい。先生だって、お立場上、苦しかったのですから」

佐源次は瑞賢を庇う。

「だって、さげんちゃん……」

おふよはもっと何か言うつもりだったらしいが、佐源次に止められて、ようやく黙った。

瑞賢は、その拍子に長い吐息をついた。

「瑞江はどうしたいのだ」

瑞賢は落ち着きを取り戻して訊いた。瑞江は応えない。徳兵衛の胸に縋《すが》って泣き続けるばかりだった。

「わたしは町内の皆さんのお蔭で手習所の師匠をつとめることになりました。それは、先生のご指導もあったからです。今までありがとうございました」

佐源次は深々と瑞賢に頭を下げた。瑞賢はごほっと空咳《からせき》をすると「もはや、わしの所へは戻らぬということか」と訊く。

「こうなっては致し方もありません。お嬢さん、先生と一緒にお戻り下さい。わたしは所詮、大工の倅。学問を極めるなどとは遠い夢だったのです。これからは身の丈《たけ》に合った暮らしを致します」

そう言った佐源次の眼に涙が光っていた。

瑞江の表情が大きく歪み、徳兵衛の胸を押しやって振り向いた。瑞江の勢いがよかったので、徳兵衛はあやうく後ろに、尻餅《しりもち》をつくところだった。

「ならばわたくしも、わたくしも贅沢《ぜいたく》な暮らしを望みません。身の丈に合った暮らしをしとうございます」

途端、おふよが咽《むせ》び声を上げた。健気《けなげ》な瑞江の言葉に感激したのだろう。怒ったり、泣いたり、忙しい女である。

「先生。信州屋のことで、まだ佐源次を恨んでいなさるんですかい」

岩蔵は上目遣いで瑞賢を見ながら訊いた。

「いや……わしは、それほど了簡が狭い男ではない」

瑞賢はようやく応えた。

「でしたら、佐源次をお手許に戻して、お嬢さんと一緒にさせるお気持ちにはなりやせんかい」

「……」

「お嬢さんは一人娘だそうですね。それなら婿《むこ》を取らなきゃなりやせんよ。このままだったら、お嬢さんは佐源次の所へ押し掛け女房決め込む魂胆だ。そうなったら、跡継ぎのいない先生のお家は潰れますぜ」

岩蔵は脅すように言った。瑞賢はぎりぎりと歯噛《はが》みした。

「佐源次は、一時は学問をすっぱり諦める覚悟したんですぜ。佐源次の頭のよさは先生だって認めているはずだ。だからお嬢さんの婿にしようと考えられたんでげしょう？　それなら、元の鞘《さや》に収めるのが利口な方法じゃねェですか。佐源次のてて親ってのは、できた男でしてね、紙入れの重さで人の価値を計ったりしねェ。だから、身体を張って信州屋を守ったんだ。わかっておくんなさい。その男に育てられた佐源次は、きっとどこにもいねェ偉い学者になると思いやすよ」

岩蔵の言葉に瑞賢はひどく動かされた様子だった。

「人の話は聞いてみるものですな。この年になっても気がつかないことがある。いや、親分、勉強になりました」

瑞賢は殊勝に頭を下げた。

「そいじゃ、先生……」

徳兵衛の期待が膨らんだ。

「まあ、佐源次が戻ると言うなら、わしも敢《あ》えて拒みはせぬが……」

瑞賢はさっきとは裏腹に低い声でもごもごと言った。

しゃんしゃんしゃんしゃん。徳兵衛は手拍子を打ちたい気持ちだった。

佐源次は間もなく、瑞賢の許へ戻った。手習所の話は頓挫《とんざ》したが、徳兵衛は、これでよかったのだと思う。

上野や向島《むこうじま》では桜の樹《き》が蕾《つぼみ》を膨らませる頃となった。彦右衛門は、相変わらず米沢町に戻るとは言わない。だが、大お内儀のおさよは、時々喜兵衛店を訪れ、泊っていくようにもなった。

晴れ上がった弥生《やよい》の空の下、彦右衛門の土間口前では、泰蔵の飼い猫のるりが香箱を作る。春や春。

そんな仕儀

一

桜の季節が過ぎた深川は、めっきり陽射《ひざ》しも夏めいて感じられる。とは言え、時々思わぬほどの寒さに見舞われることもあった。そのために風邪を引く者が少なくない。にゃんにゃん横丁の喜兵衛店《きへえだな》で大家を任されている徳兵衛《とくべえ》も風邪を引いた一人だった。

野暮用で佐賀町まで出かけた日は、やけに天気がよく、気温も上がっていたので徳兵衛は汗をかいた。もともと汗っかきの質《たち》なので、人より暑さがこたえる。家にいる時はこまめに肌着を取り替えるのだが、出先ではそうも行かない。用事を済ませて自宅のある東平野町へ戻ったのは夕方近かった。行きと違い、その時分になると昼間の陽気がうそのように風が冷たく感じられた。

家に戻った途端、徳兵衛はぞくぞくと寒気に襲われ、立て続けにくしゃみが出た。徳兵衛の女房のおせいはおかしな女で、おならを落としても、さほどいやな顔をしないが、くしゃみや咳《せき》をすると途端に顔をしかめ「周りの者に迷惑ですよ。さっさと薬を飲んで蒲団《ふとん》に入って下さいまし」と、まるで疫病神《やくびょうがみ》が現れたかのように邪険な態度をする。

風邪と言っても、単なる鼻風邪なので、熱いうどんでも啜《すす》り、温かくしていればすぐに治るはずだった。ところがおせいも、嫁のおふじも、徳兵衛に少し熱が出たことを大袈裟《おおげさ》に考え、医者を呼ぶ始末となった。近所の藪《やぶ》医者も女房と嫁に加担して徳兵衛をすっかり病人にしてしまった。

徳兵衛はそのために、ひと廻り（一週間）も蒲団に寝ていなければならなかった。喜兵衛店のことは岡っ引きの岩蔵《いわぞう》と自身番の書役《かきやく》の富蔵《とみぞう》に任せたので心配はいらなかったが、徳兵衛が家で寝ている間に、おふよの周りにいささか変化があったらしい。

おふよは徳兵衛や富蔵とは幼なじみで、今でも昔ながらのつき合いを続けている。おふよは亭主の粂次郎《くめじろう》と一緒に喜兵衛店で暮らしていた。

上方の本店《ほんだな》で働いているおふよの長男の良吉《りょうきち》が五年ぶりに江戸へ戻って来たそうだ。良吉は十三歳の頃から日本橋の呉服屋に奉公していたが、客の気を逸《そ》らさない人柄と真面目《まじめ》な仕事ぶりに主《あるじ》から目を掛けられ、上方の本店に抜擢《ばってき》された。

　江戸の商家は上方に本店がある所が多い。

　良吉が奉公に出た日本橋の「三春屋《みはるや》」も上方の店の出店《でだな》（支店）だった。奉公人は上方出身が多かった。目利《めき》きも揃《そろ》っている。江戸者の良吉が本店に抜擢されたことは異例中の異例であったろう。良吉は小僧から手代に直ってしばらくすると、前々から言い交わしていた本所の瀬戸物屋の娘と祝言《しゅうげん》を挙げ、三春屋の近くの借家で所帯を持った。他の手代は独り者が多かったので、出店の主も所帯持ちの良吉には信頼を置いていたようだ。子供も生まれ、なおさら張り切って仕事に励む良吉を見て、出店の主は良吉の上方行きを決心したという。

　良吉は女房のおたきと、幼い娘のおさちを伴って、五年前にはるばる上方へ旅立ったのだ。その時のおふよの寂しがりようはひとかたでなく、徳兵衛は富蔵と一緒に、ずい分慰めたものだ。その後、良吉は本店でも恙《つつが》なく商売に励み、向こうでは息子も生まれている。

　この度、良吉が江戸へ戻って来たのは、生まれた息子を両親に見せるための里帰りでもあったが、良吉は手代から晴れて番頭に直り、その報告も兼ねていたらしい。故郷に錦《にしき》を飾るとはこのことだと、徳兵衛は自分のことのように嬉《うれ》しかった。

しかし、里帰りした良吉は、おふよと粂次郎の住む喜兵衛店へ挨拶《あいさつ》に来たが、そこに泊まるとは言わなかったらしい。

六畳ひと間に台所がついているだけの狭い裏店では、ろくに寝場所もないだろう。まして乳飲み子がいては落ち着かない。良吉はそれを慮《おもんぱか》って店が用意してくれた旅籠《はたご》へ泊まることにしたのだ。

ところがおふよには、それがおもしろくなかったようだ。

「昔は親子四人、肩を寄せ合って暮らしていたんだ。寝ようと思や、どうにかなるはずじゃないか。それを何んだい、女房に恰好《かっこう》つけやがって旅籠に泊まるだ？　あたしゃ、良吉に言ってやったんだ。ずい分、偉くなったもんだねって。親が暮らしている裏店がそんなに恥ずかしいのかと。そしたら、良吉は、いや、旅籠は二、三日のことで、その後は女房の実家へ行くことになっているから、そっちへ行ったら、おれだけでもこっちへ泊まりに来るよ、だってさ。あたしゃ、なおさら頭に血が昇った。おれだけって何んだ、女房と孫はあたしの身内じゃないのかえ。悔しくって悔しくって、夜もろくに眠れないんだよ」

おふよはそう言って、泣いたらしい。

富蔵は徳兵衛の見舞いに来て、そんな話をした。

「まあ、おふよの気持ちもわからない訳じゃないが、良ちゃんは今じゃ、上方の店の番頭だ。女房子供もいることだし、無理をして狭い所に泊まることもないと思ったんだろうよ」

徳兵衛はつつじが咲き始めた庭へ眼をやって言った。

「おふよの奴《やつ》、自身番にやって来て、毎度愚痴をこぼすんで、おれも親分も、いい加減うんざりなんだ。徳さん、早く身体を治して出て来ておくれよ」

富蔵は心細い表情で言う。

「粂次郎さんは何んと言ってるんだい」

徳兵衛は、おふよの亭主のことが、ふと気になった。

「あの人は利口だから良ちゃんには、お前の好きにしたらいい、おっ母さんの言うことは気にするなって言っただけだよ」

徳兵衛はそれを聞いて、ほうっと息をつぎ「全く粂次郎さんは利口だね。それで良ちゃんも少しは気が楽になっただろう」と感心した顔で言った。

「それでも、孫のおさっちゃんや赤ん坊の顔をもう少し眺めていたい様子だったよ。上の孫娘は、すっかり上方の色に染まって、こまっしゃくれた口を利いておもしろいんだよ」

「幾つになったかね、その孫娘」

「七つだってさ。人見知りもしないいい子だよ。下はまだ赤ん坊だから、良ちゃんのかみさんも、まだまだ手が掛かるよ。おふよの機嫌を取る余裕もないわな」

「そうだね……」

せめて、その孫娘だけでも泊まらせることができれば、おふよの気持ちも少しは晴れるかも知れない。だが、孫娘は顔もろくに知らなかった祖父母より母親の傍にいる方がいいのだろう。

良吉の下の直吉《なおきち》も同じ呉服屋に勤めていて、そちらは日本橋の店で住み込みの手代をしている。二人は仲のよい兄弟だったので、良吉は両親よりも直吉と積もる話をしているようだ。店が終われば連れ立って縄暖簾《なわのれん》の店に繰り出しているらしい。

「どれ、明日はおふよの所へ顔を出すか」

徳兵衛は大きく伸びをして言った。

「大丈夫かい、徳さん。風邪がぶり返したら大変だよ」

富蔵は一応、心配するそぶりを見せた。

「なあに、水洟《みずばな》が垂れる程度で、とっくに熱も引いた。大丈夫だよ。じっと寝ているのも退屈なものだ。明日は自身番に行って、夜はこだるまで、とくとおふよの愚痴を聞いてやろう」

こだるまは、おふよが手伝いをしている一膳《いちぜん》めし屋のことだった。

「やあ、よかった」

富蔵は夜が明けたような顔で笑った。

二

翌日、徳兵衛は自身番に顔を出し、岩蔵に留守中の礼を述べると喜兵衛店へ向かった。

喜兵衛店では店子の泰蔵《たいぞう》の飼っている猫のるりが五匹も仔《こ》を産んだ。泰蔵は仔猫達の世話に追われているが、日中は勤めがあるので、その間、おふよが代わりに世話をしていた。

るりは真っ白な猫だが、生まれたのはよもぎ猫と虎《とら》猫ばかりで、白いのはいなかった。

仔猫だったるりも、いつの間にか親になった。良吉も妻子持ちの立派な大人である。おふよもそこのところを了簡《りょうけん》して、黙って良吉の考えに任せておけばよいのだと徳兵衛は思っているが、おふよは良吉が幾つになっても、あれこれと指図したいらしい。

喜兵衛店の門口をくぐると、彦右衛門《ひこえもん》が土間口の前に置いた床几《しょうぎ》に腰掛け、呑気《のんき》に煙管《きせる》を吹かしている姿が見えた。彦右衛門は米沢町の薬種屋「五十鈴屋《いすずや》」の主だったが、息子に商売を渡して隠居すると、喜兵衛店に一人で住むようになったのだ。

彦右衛門の周りで仔猫達がじゃれ合っている。その仔猫と遊んでいる六、七歳の娘がいた。徳兵衛の知らない顔の娘である。最初は彦右衛門の孫娘かと思った。

「大旦那《おおだんな》、お早うございます」

徳兵衛は気さくに彦右衛門に声を掛けた。

「おや、風邪はもういいのかい」

「お蔭様《かげさま》で、すっかり元気になりました。なに、最初から大したことはなかったんですが、女房と嫁が大袈裟なもんで、蒲団に縛られておりましたよ」

「そうかい。いや、よかった。風邪と言っても年寄りになったら馬鹿《ばか》にできないんだよ。あっという間に持って行かれるからね」

「脅《おど》かさないで下さいよ、大旦那。ところで、その子は大旦那のお孫さんですか」

徳兵衛は傍にいる娘を気にした。

「いいや、おふよさんの孫だよ。昨日から一人で泊まっているよ」

「じゃ、良ちゃんの娘だ。それはそれは……」

徳兵衛は、しみじみと娘の様子を眺めた。

「お嬢ちゃん、一人で泊まりに来て、寂しくないかい」

徳兵衛は猫撫《ねこな》で声で訊《き》いた。朝顔の柄《がら》の入った浴衣《ゆかた》に三尺帯を締めた娘は顔を上げ、小さく首を振った。知らない顔の徳兵衛を警戒しているふうでもあった。

「そうかい。にゃんにゃん横丁のお祖母《ばあ》ちゃんは、あんたが泊まりに来て、さぞ喜んでいるだろうね」

そう言うと、娘は、ようやく笑顔を見せた。勝気そうな表情をしている。言われてみれば、おふよに面差しが似ていた。

「ここ、喜兵衛店と言うんやろ？　にゃんにゃん横丁って何んのこっちゃ」

存外にはっきりした口調で応《こた》える。

「ここはね、猫が多い所だから、昔からそう呼ばれているんだよ」

徳兵衛は嚙《か》んで含めるように娘に教えた。

「そんなら、犬のぎょうさんおる所はわんわん横丁になるんか。あほらし」

傍で聞いていた彦右衛門が、その拍子に笑った。

「おさっちゃんの理屈の通りだ。猫がいるからにゃんにゃん横丁などと呼ぶのは、いかにもいい加減だ。だが、呼び名なんて、どうでもいいんだよ。おさっちゃん、この小父《おじ》さんは喜兵衛店の大家さんで、あんたのお祖母ちゃんの友達なんだよ」

彦右衛門も優しい口調で教えた。おさちという娘はこくりと頭を下げた。口調ほど礼儀知らずではないらしい。

「るりの仔猫達は元気そうだね。泰蔵もそろそろ飼い主を探さなけりゃならないな」

徳兵衛はよもぎ猫の頭を撫でながら言った。

「うち、お国へ帰る時、この猫を一匹連れて帰りたいんやけど、無理やろか」

おさちは徳兵衛と彦右衛門を交互に見ながら訊いた。

「どうだろうなあ。上方までの道中は長いから、仔猫には無理かも知れないよ。途中で迷子になっても可哀想《かわいそう》だしね」

徳兵衛がそう応えると、彦右衛門も相槌《あいづち》を打つように肯《うなず》いた。

「そうか、無理か。残念やなあ」

おさちは未練たっぷりに言う。

「おさち、猫に触ったら、ようく手を洗うんだよ」

おふよが家の中から声を張り上げた。ひょいと外へ眼を向け、徳兵衛に気づくと、嬉しそうに下駄《げた》を突っ掛けて出て来た。

「徳さん、もういいのかい」

「ああ。心配掛けてすまなかったね」

「心配なんてしていなかったけどね」

おふよは相変わらず、憎まれ口を叩《たた》く。

「おさっちゃんが泊まりに来てくれて、よかったじゃないか。お前さんも、これで少しは気が晴れただろう」

徳兵衛はおふよの気持ちを察して言う。

「おさちは誰も勧めないのに、自分から深川の家に泊まるって言ったんだよ」

おふよはそっ気なく言ったが、目許《めもと》は緩《ゆる》んでいる。

「できた孫だよ。さすが良ちゃんの娘だ。こんなに小さいのに人の気持ちがわかるのだね」

「なあに、こっちは番太《ばんた》（木戸番）の店で買い喰いする楽しみもあるし、猫もいるからだろう」

「まあ、子供なんて、そんなもんだが」

徳兵衛は苦笑した。おふよは嬉しいことを素直に嬉しいと言えない女である。損な気性だと、徳兵衛は内心で思っている。

「深川のお祖母ちゃん、今晩、深川のお祖母ちゃんがお手伝いしている店で晩ごはんを食べるんやろ？」

おさちは仔猫から手を離し、思い出したように訊いた。

「ああ、そうだよ。爺《じじ》も一緒にね」

おふよは、とろけそうな眼で応える。町内のご意見番、口やかましい女と恐れられているおふよも、孫の前では別人のようになる。徳兵衛には、それが可笑《おか》しくて仕方がなかった。

「すんなら、晩ごはんはお店の大将の奢《おご》りになるんか」

おさちは無邪気に訊く。

「何んで店の大将があんたに奢らなきゃならないのさ」

「そやかて、深川のお祖母ちゃんがお手伝いしている店やろ？　ちょっとは気を利かせても罰《ばち》は当らんと思うけどな」

「何言ってんだよ、とんちき。向こうは伊達《だて》や酔狂《すいきょう》で商売をしている訳じゃない。あたしが手伝いしていようがいまいが、それはそれ、これはこれなんだ」

おふよが荒い口調になっても、おさちにはさほどこたえていない様子で「うちの国ではなあ、なじみのお店やったら、そんな時は気を利かすで。江戸はやっぱり生き馬の眼を抜くとこやと聞いとったが、ほんまやなあ。せちがらいやんけ」と、こまっしゃくれた口で言った。

徳兵衛と彦右衛門は声を上げて笑った。

「もう、あんたの話を聞いてたら、日が暮れるよ。お祖母ちゃんは忙しいんだ。つまらないことはお言いでないよ」

おふよはそう言って、家の中へ入って行った。ほどなく粂次郎の声が「おさち、晩めし前に湯屋に行こうな」と、聞こえてきた。

おさちは「あいよ」と可愛《かわい》く応えた。

「どうだい、おさっちゃん。深川のお祖母ちゃんとお祖父《じい》ちゃんは」

徳兵衛は、また猫に興味を向けたおさちへ訊いた。

「お母ちゃんなあ、深川のお祖母ちゃんは、ごつい怖い人だと言ったんよ。けどなあ、そんなことあらへん。うち、お祖母ちゃんもお祖父ちゃんも好きや」

「そうか、好きなのか。それを聞いてわしも嬉しいよ。そうだ、今夜はわしも、こっちのお爺《じい》さんもこだるまへ行くからね。皆んなで楽しくやろうよ」

徳兵衛は張り切って言った。

「おいおい、勝手にわしを爺さんにしなさんな」

彦右衛門は苦笑交じりに文句を言った。

三

その夜のこだるまは楽しかった。上方で育ったおさちは勘定に敏感で、お茶が出されると「このお茶は幾らなん？」と確かめるように訊く。

「お茶で金を取る店は水茶屋《みずぢゃや》だけだ」

おふよは飯台《はんだい》の中から怒鳴るように言う。

「すんなら、只《ただ》か。只やったらお代わりしよ。うち、お茶が好物やねん」

おさちは安心したように湯呑《ゆのみ》を啜る。傍で粂次郎が「舌を焼かないように気をつけるんだよ」と、声を掛ける。魚の骨を取ってやり、身をおさちの口へ運ぶ。おさちの世話に忙しく、自分はろくに食べていなかったが、粂次郎は嬉しそうだった。そんな粂次郎の表情を眺めながら、徳兵衛は松尾芭蕉《まつおばしょう》の一句を思い出していた。

いのちふたつのなかに生きたる桜かな

その句は喜兵衛店の家主の増田屋喜兵衛から教えられたものである。芭蕉の「野ざらし紀行」にあるもので、前文に「みなくちにて廿年《にじゅうねん》をへて故人にあふ」とある。故人とは芭蕉が親しくしていた服部土芳《はっとりどほう》という人のことらしい。土芳に対するなつかしさ、嬉しさを表現したものだが、徳兵衛はおさちと粂次郎に誂《あつら》えたような一句だと感じた。

大切な命は親から子へ、そして孫へと引き継がれる。徳兵衛にも孫はいるが、暮しを一緒にしていると、さほど血の繋《つな》がりのことは意識しない。むろん、孫は可愛い。それは息子や娘とは別の感情に思える。子育てに奔走していた頃は、とにかく子供達の口を養い、着る物の用意、手習所《てならいどころ》へ通わせるための工面などで頭がいっぱいだった。しみじみ可愛いと思う余裕もなかった。ところが孫は手放しで情を掛けられる。もしも、息子夫婦と孫達が徳兵衛の家からよそへ行ってしまったらどうであろう。それを考えると徳兵衛は落ち着かなくなる。おふよは今まで、粂次郎と二人で傍に息子のいない寂しさ、孫を構ってやれない寂しさを感じて暮らして来たのだった。改めて徳兵衛は自分を倖《しあわ》せな男だと思った。

おふよ夫婦と孫娘のおさちとの蜜月《みつげつ》は三日で仕舞いとなった。良吉がおさちを迎えに来て、おさちは祖父母と仔猫に未練を残しながら本所へ帰って行った。良吉一家の江戸滞在もまたたく間に終わり、一家は再び上方へ向かった。粂次郎は名残りを惜しんで神奈川の宿《しゅく》まで見送ったそうだ。

次男の直吉が藪入りで戻る日は、まだまだ先である。意気消沈したおふよを見るのは、徳兵衛と富蔵には辛《つら》かった。

「上方から下って江戸店に奉公している者が何年か経《た》って、ようやく里帰りができることを初上《はつのぼ》りって言うが、良ちゃんの場合は何んて言うんだろうな」

にゃんにゃん横丁の自身番で、書役の富蔵は無邪気な疑問を口にした。

「そりゃ、初上りの反対で初下りだろう」

岡っ引きの岩蔵は応える。

「親分、そんな言い回しはありませんよ」

徳兵衛は憮然《ぶぜん》として口を挟んだ。

「今頃、良ちゃん達はどの辺りだろうなあ。小田原か箱根かな」

岩蔵は徳兵衛の言葉など頓着せずに言う。

「子供連れですから、少し時間が掛かるでしょうよ。道中、何事もなければいいんですが」

徳兵衛は遠くを見る眼になって言った。

「倅《せがれ》が出世するのもよしあしだな。親はとんでもなく寂しい思いをすることもある。

おれァ、良ちゃんを見て、うちのドラ（どら息子のこと）でも傍にいるだけましだと思ったものよ」

岩蔵はしみじみと言う。岩蔵の所は一人息子だった。女房と所帯を持って、何年も子宝に恵まれず、ようやく授かった息子である。

岩蔵はそれこそ、眼に入れても痛くないほどの可愛がりようだった。しかし、それが仇《あだ》となり、二十歳になる息子の弥太郎《やたろう》は商家に奉公しても半年と続かなかった。普通の子供が辛抱できることが弥太郎にはできないのだ。

仕方なく岩蔵は女房が商っている小間物屋を手伝わせているが、弥太郎は、隙《すき》を見ては友達と遊びに出かけ、ろくに家にいたためしがなかった。

業を煮やした岩蔵が「出てゆけ！　所詮《しょせん》、お前ェ《め》はみかん箱に乗って深川に流れ着いた者だ。今さらいなくなっても、どうってことはねェ」と吼《ほ》えたらしい。二十歳の息子にみかん箱のたとえもどんなものかと徳兵衛は苦笑したが、岩蔵は大真面目にその時の経緯を語った。しかし、弥太郎にはちっともこたえなかった。

「おいらだって馬鹿じゃねェんだぜ。親が今夜の米もねェほど貧乏していたら遊んでなんかいるもんか。ちゃんと考えているわい。はばかりながらこの弥太郎、親父《おやじ》とお袋の最期《さいご》は、ちゃんと看取《みと》る覚悟でいるわな。だからよ、おいらに無駄な説教はよし

い

ちくんな」

弥太郎は岩蔵がぐうの音も出ないほどの理屈を捏《こ》ねたという。

「弥太郎ちゃんは親分が言うほどどら息子じゃありませんよ。その内にしっかりしてきますって」

徳兵衛は岩蔵を慰めた。

「徳さんの言う通りだ。倅のいないおれから見たら、親分の悩みは金を出しても味わってみてェというものよ」

子供のいない富蔵の言葉に岩蔵はそれもそうだと思ったらしい。

「だな。富さんから見たら、おれは果報者かも知れねェか。ま、しばらく倅のやることを黙って見ていることにするわ。両手が後ろへ回ることをしないだけでもましだよな。手前ェの若い頃も似たようなもんだったし。弥太郎の奴、駄馬《だば》から生まれるのは駄馬だから、おいらに期待するなとも言ったよ」

岩蔵が冗談めかして言うと、徳兵衛と富蔵は声を上げて笑った。

「二人とも、そんなに笑うことはねェだろう」

岩蔵は、むっとした顔になった。

「駄馬はともかく、弥太郎ちゃんは親分と瓜《うり》ふたつだ。大丈夫、その内に親分の跡を立派に継ぎますよ」

徳兵衛がそう言うと岩蔵は「てへッ」と笑って、自分の額を掌《て》で叩いた。嬉しそうだった。

おふよを心配する話が妙な具合に逸れてしまった。徳兵衛も富蔵もおふよの寂しそうな顔を見るのが辛く、それから何んとなくおふよを避けるように過ごしていた。もっと親身におふよの話を聞いてやればよかったと、徳兵衛は後で悔やんだ。おふよの心の寂しさがあんな仕儀を呼び込んだような気がしてならなかった。


にゃんにゃん横丁に、近頃見慣れない男がうろつくようになった。筒袖《つつそで》の上着に下は薄ねずみ色の股引《ももひき》、素足に雪駄《せった》、おまけに顔を隠すつもりなのか饅頭笠《まんじゅうがさ》を被《かぶ》っている。

大八車を引いている人足によく見掛ける恰好だが、男は大八車も引いておらず、天秤棒《てんびんぼう》も担《かつ》いでいなかった。午前中はにゃんにゃん横丁の辺りをうろつき、昼になると近くの蕎麦屋《そばや》へ入ったりしている。

最初の内は気にならなかったが、毎度男がうろつくと、近所の女房達は気味悪く思うようになったらしい。特に小さい女の子のいる家の女房は子供に悪さをされるのではないかと恐れた。

饅頭笠を被っているので男の年は見当がつかなかったが、身のこなしから、まだ若い男ではないかと女房達は噂《うわさ》していた。

男が喜兵衛店の門口から中の様子を窺《うかが》っているようだと言う者もいた。もちろん、岩蔵もそれとなく辺りに注意を払っていたが、岩蔵が見廻りをした限り、怪しい男の姿は見受けられなかった。

徳兵衛は、こそ泥が盗みに入る家を物色しているのではないかと思い、喜兵衛店の住人達に注意を促《うなが》した。ところが、住人達は、こそ泥が入っても盗《と》られる物は何もないと意に介するふうもなかった。

店子達は呑気過ぎると徳兵衛は内心で腹を立てていた。江戸に無宿者が徘徊《はいかい》していた時代、裏店の女房が竈《かまど》でめしを炊《た》き、ちょいと眼を離した隙にめしの入った釜《かま》ごとなくなったという話を聞いたことがある。後で川岸に空になった釜が放り出されていたらしい。

釜ひとつ、鍋《なべ》ひとつでも裏店住まいの人間には大事な財産なのだ。金だけが財産ではないのだ。もちろん、釜の中のめしだって。それを喜兵衛店の住人達は少しもわかっていなかった。

およも怪しい男がうろついているのに気づいていたはずだが、それについて徳兵衛や岩蔵に何か話をしに来ることはなかった。

まあ、あのおふよのことだから、こそ泥の一人や二人が現れても派手な啖呵《たんか》で追い払うだろうと徳兵衛は思っていた。徳兵衛こそ呑気だったと、それも大いに反省したものだ。

四

徳兵衛と富蔵が久しぶりにこだるまを訪れたのは、妙な男の噂が出てから十日ほど経った頃だった。こだるまは相変わらず常連客が集っていた。木場の川並鳶《かわなみとび》や、彦右衛門、富本節の女師匠のおついが達が酒を飲みながら世間話に花を咲かせていた。

おふよは飯台の中で客の相手をしていたが、良吉一家が帰ってしまったせいで、心持ち、顔が痩《や》せたようにも思えた。

「おふよ、少しは元気になったかい」

富蔵は気軽に声を掛けた。

「何んだよ、そのもの言いは。まるであたしが元気じゃなかったみたいに聞こえるじゃないか」

すぐにいつもの軽口で応酬された。

「良ちゃんと孫娘が帰ってしまったから、おれも徳さんも、おふよが寂しがっていると思ってさ」

「大家さん、書役さん、心配ご無用だよ。おふよさんはいつまでもめそめそしている玉じゃないよ」

おつがが少し酔った口調で言った。

「そうそう」

おふよも笑いながら肯いた。だが、その後でおふよの目線は微妙に逸れた。おふよは小上がりの隅で飲んでいる客を気にしている様子だった。見慣れない顔だった。二十歳を幾つか過ぎた若者である。

「誰だい」

徳兵衛は小声で訊いた。

「さあ。この頃、毎晩のようにやって来るのさ。やって来ると、看板までだらだら飲んでいるんだよ」

おふよも声をひそめて応える。徳兵衛はその拍子に心《しん》ノ臓《ぞう》がどきりとした。

独り言のように呟《つぶや》く。富蔵もはっとして小上がりを振り返る。男は軽子《かるこ》（物を担いで運ぶ人足）のような恰好をしていたが、その時は笠を持っていなかったので噂の男かどうか、ちょっと判断できなかった。

「例の男かな」

「例の男って何んだよ。教えておくれよ」

おつがびっくりするような大声で口を挟んだので、徳兵衛は肝が冷えた。

「おっしょさんはるりの仔猫の落ち着き先を考えてりゃいいんだよ」

富蔵はいなすようにおつがへ言った。

「それは大丈夫。ちゃんと段取りを調《ととの》えているんだから」

おつがは得意そうに応えた。

「おふよ、気をつけるんだよ」

徳兵衛が念を押すと「ねえ、徳さん。今夜は看板までいておくれよ。うちの人、今日は親戚《しんせき》の法事に行って、向こうに泊まることになっているんだよ」と、心細い表情で言った。

「そいじゃ、今夜はおふよひとりかい」

「そうなんだよ」

「…………」

小上がりの男が噂の本人とすれば、男の目的は何んだろう。おふよの所が喜兵衛店の中では比較的裕福な暮らしをしているように見えて眼をつけたのだろうか。色々考えたが徳兵衛にはわからなかった。

五つ（午後八時頃）過ぎに川並鳶の連中が引き上げ、その後で彦右衛門が帰った。おつがは少し酔っていたので富蔵が送って行きがてら一緒に帰った。徳兵衛はおふよに頼まれた通り、最後まで残った。小上がりの男も。

「おふよさん、もう引けていいぜ」

こだるまの主の弥平《やへい》がそう言うと、小上がりの男はようやく腰を上げ「お愛想」と、ぼそりと言った。

「四十八文ですよ」

おふよがそう言うと、男は懐《ふところ》からくたびれた巾着《きんちゃく》を出し、小銭を探って飯台に置いた。

覗《のぞ》くつもりはなかったが、巾着には、もうそれほど銭は残っていなかった。徳兵衛は俄《にわか》に緊張した。今夜、奴は何かやる。そんな気がしきりにした。

男が油障子の外へ出て行くと、徳兵衛は「おふよ、何んならうちへ泊まらないかい」と言った。だが、おふよは首を振った。

「そんな迷惑は掛けられないよ。それに、あたしゃ、枕《まくら》が変わると眠れない質《たち》でさ」

と力のない笑顔で言った。

二人でこだるまを出ると、外に人の気配はなかった。徳兵衛はほっと安心すると喜兵衛店の門口までおふよを送った。

「本当に大丈夫かい」

徳兵衛は念を押した。

「ああ」

「良ちゃん達が帰って、少し気が弛《ゆる》んでいるよ。こんな時はろくなことが起こらない。くれぐれも気をつけるんだよ」

「ありがと、徳さん」

おふよはそう言ったが、後ろ姿は寂しそうだった。徳兵衛はおふよが家の中に入るのを見届けてから、裏店の門口の鍵《かぎ》を掛けた。それからにゃんにゃん横丁を出た。

自身番にはまだ灯りが点《つ》いていた。岩蔵は町木戸を閉めるまで待機しているのだ。

真向かいの木戸番の住まいにも灯りが見える。

木戸を閉めたら、木戸番の今朝吉《けさきち》は拍子木を打ち「火の用心、しゃっしゃりませい」と町内を触れ回る。こうした人間がいるお蔭で住人達は安全に暮らせるのだ。徳兵衛も自分の仕事に誇りを持っていた。足腰が達者な内は、できるだけ町内の人々の役に立とうと思っている。

「親分、喜兵衛店の鍵は閉めましたよ」

徳兵衛は油障子の外から声を掛けた。

「ご苦労さん」

ねぎらいの返答があった。

「そいじゃ、お休みなさい」

徳兵衛はそう言って踵《きびす》を返したが、ふとこだるまの男のことを思い出し「親分、ちょいと気になることがあるんですがね」と、油障子を開けて言った。

「何んでェ」

岩蔵は胡坐《あぐら》をかいて鼻毛を毟《むし》っていた。

「こだるまに見慣れない若い者がいたんですよ。おふよの話じゃ、このところ毎晩、訪れるようですよ」

「へえ……」

応えながら、岩蔵は毟った鼻毛を火鉢の縁に擦《こす》りつけた。

徳兵衛は思わず顔をしかめた。

「おふよは、今夜、粂次郎さんが親戚の法事で留守にするんで、ひとりなんですよ」

「そいつァ、ちょいと気になるな。どれ、おれも様子を見に行くか」

岩蔵は腰を上げた。徳兵衛はそのまま家に帰ろうかと思ったが、ふと思い直して岩蔵の後に続いた。

喜兵衛店の門口の前に来ると、ほとんどの住まいは灯りを消して眠りに就いたようだ。

だが、岩蔵は「灯りの点いている所がまだあるぜ」と、低い声で言った。

「おふよの所じゃないですか。おなごはあれこれ寝る前にやることがありますから。ひと仕事終えて、茶の一杯も飲んでいるかも知れませんよ」

「おふよさんは寝しなに茶を飲む人じゃねェよ」

「………」

岩蔵の言葉に不安を覚えた徳兵衛は、そっと鍵を外した。そろそろとどぶ板の通りに進むと、やはり、おふよの住まいだけに灯りが点いている。

岩蔵は後ろの帯に挟んだ十手を取り出し、台所の煙抜きの窓の下にしゃがんだ。徳兵衛も足音を立てないように、同じようにしゃがむ。中からぼそぼそと話し声がした。

おふよの声ではなかった。

「おっ母さん、後生だ。そんな眼で見ねェでくんな。おいらのおっ母さんじゃねェか」

（おっ母さん？）

次男の直吉が帰っているのだろうか。それにしてはおふよの声が聞こえない。

「おいらはすぐにおっ母さんだと気づいたのに、あんたはまるでおいらを他人みてェな眼で見た。薄情じゃねェか」

「知らないよ……」

ようやくおふよの声が聞こえたが、どこか様子がおかしい。岩蔵も首を傾《かし》げた。

「もう、お足《す》もなくなっちまったい。少し助《す》けておくれよ」

縋《すが》るように男が言う。

「ああ、いいとも。幾らほしいんだえ」

（ああ、いいともって。おふよ、そんなに簡単に金を渡していいのかい？　いつものお前らしくもないよ）

徳兵衛は胸で独りごちた。その時、徳兵衛は中にいる男が直吉でないと俄に気づいた。

直吉はしっかり者で、親に無心するような息子ではなかったからだ。そう思うと、心ノ臓の音が高くなった。そっと岩蔵の顔を見ると、岩蔵も心得顔で肯いた。

「二分ほどあれば」

男はおずおずと言う。岩蔵は十手を摑《つか》み直した。男が金を受け取って外に出た時に捕まえるつもりだった。隣りに住んでいる年寄り夫婦は何も気づかず眠っているようだ。

「二分ほどって、簡単に言ってくれるじゃないか。いいかえ、二分ってのは一両の半分だ。そんな大金を、よくも平気でよこせと言えるね。あたしが二分を稼ぐのに、あの一膳めし屋で何日も働かなきゃならないんだよ」

少しだけ、いつものおふよの調子が戻っている。

(落ち着け、おふよ。今、親分が助けてくれる)

徳兵衛は心の中でおふよを励ました。

「何笑ってんだよ」

おふよは怒ったように男へ続けた。

「久しぶりに聞くぜ、おっ母さんのお説教をよ」

「……………」

じゃらじゃらと小銭の音がして、おふよは男に金を差し出したらしい。

「恩に着るぜ」

男は低い声で礼を言う。

「もう、この辺りをうろつかないどくれ。これを機会にまっとうに働いておくれ」

「それはどうだかな」

男はふてぶてしく応え「そいじゃ、これで」と腰を上げた様子だ。

「お待ち。そろそろ町木戸が閉まる。今夜はここに泊まって、明日の朝にお帰り」

おふよの言葉が徳兵衛には信じられなかった。泥棒に追い銭、いや、泥棒に宿だ。

「いいのかい」

男の声に甘えたような響きが感じられた。

「いいともさ。今、蒲団を敷いてやるよ。お腹《なか》は空《す》いていないかえ」

「ああ、大丈夫だよ」

「そうそう、あたしが蒲団を敷いてる間に戸締りしておくれ。これ以上、妙なのが入って来たら迷惑だからねえ」

「相変わらずひでェことを言うよ。しんばり棒を支《か》うだけでいいんだな」

「ああ」

おふよが応えた途端、

「今だ！」

岩蔵はすばやく立ち上がり、油障子を開けた。そこには、こだるまにいた若者が金縛りに遭ったように突っ立っていた。

「ちょいと自身番で話を聞かせて貰《もら》おうか」

岩蔵は十手をちらつかせて凄《すご》んだ。

「おっ母さん、おっ母さん！」

男は悲鳴のような声を上げた。

「何がおっ母さんだ。おふよさんはお前《め》ェのような悪たれの倅を生んだ覚えはねェわな。神妙にしろい！」

岩蔵はすばやく男の腕を取り、後ろ手に締め上げる。それから腰縄を取り出して男に縄を掛けた。

騒ぎを聞きつけ、喜兵衛店の住人達がぞろぞろと外に出て来た。

「おっ母さん、助けてくれ。これからいい子にするからよう」

岩蔵が男の縄を引き立てても、男はおふよを振り返って助けを求めていた。

おふよは男の様子をじっと見ていたが「可哀想に」と呟き、袖《そで》で涙を拭《ぬぐ》った。

徳兵衛には、おふよがなぜ「可哀想に」と言ったのか、さっぱり理解できなかった。

五

おふよの住まいに忍び込んでしょっ引《ぴ》かれた友五郎《ともごろう》という若者は本所の炭屋「佐賀《さが》屋《や》」の息子だった。佐賀屋は炭ばかりでなく、竈に使う薪《まき》や付け木《つぎ》なども扱っている店だった。

友五郎はその名の通り、五人きょうだいの末っ子だが、母親は友五郎が十歳の時に病で亡《な》くなっている。友五郎はまだまだ母親に甘えたい年頃だったから、母親の死はかなりこたえた様子だった。また、母親も末っ子の友五郎に思いを残して死んだことだろう。

佐賀屋は父親と長兄が商売を続けていた。他のきょうだいは、それぞれに別の所で所帯を持っていたが、独り者の友五郎は店の手伝いをしながら父親や長兄一家と一緒に暮らしていたのだ。

たまたま、深川の山本町へ友五郎が配達に訪れた時、青物屋で買い物をしていたおふよを見たという。友五郎はおふよを見て、ひどく驚いた。おふよは亡き母親と顔がそっくりだったのだ。そればかりでなく、ぽんぽんと歯に衣《きぬ》を着せぬもの言いまで同じだった。

友五郎はその時、死んだ母親が生まれ変わって自分の前に現れたのだと思った。そう思い込んでしまった。

さあ、それから店の手伝いもうっちゃって、おふよの後を追い掛けた。おふよがにゃんにゃん横丁の喜兵衛店に住んでいることや、近くの一膳めし屋で働いていることを突き留めるのに、そう時間は掛からなかった。

だが、当然のことながら、おふよは友五郎の顔を見ても何んの反応も示さなかった。友五郎は「大きくなったねえ」とか、「よく店の手伝いをして偉かったねえ」とか、そんな褒《ほ》め言葉を期待していたのだった。

おっ母さんは、まだ自分に気づいていない。

これは二人っきりになって、とくと話をするしかない。友五郎はそう思い詰めた。ほどなく、亭主の粂次郎がひと晩家を空けることを知ると、それを千載一遇の機会と捉《とら》え、おふよがこだるまの手伝いを終えて住まいに戻る前に先回りして待っていたのだ。

おふよはもちろん、友五郎が忍び込んで来た時は驚いた。

だが、「おいらの話を聞いてくれ」と必死で訴える友五郎に、ただのこそ泥ではないと思ったのだ。話を聞いておふよは納得した。だが、そのあとがいけない。友五郎はおふよに金の無心をしている。それが咎《とが》めの理由となってしまった。

翌日、知らせを受けた友五郎の兄は大慌《おおあわ》てでにゃんにゃん横丁の自身番に駆けつけて来た。兄の繁治《しげじ》は自身番に入るなり友五郎を殴り、友五郎は鼻血を出した。細面の友五郎と違い、繁治は鰓《えら》の張った四角い顔の男で、体格もよかった。岩蔵と徳兵衛は慌てて繁治を止めた。

繁治の話によると、友五郎は半月ほど前から、ぷいっといなくなったそうで、家族は心配していたらしい。それにしては近くの自身番に友五郎がいなくなったことを届けてもいなかった。

岩蔵は友五郎が人の家に忍び込んで金を無心しているのだから、罪は免れないだろうと繁治に言った。お白洲《しらす》で裁きを受ければ敲《たた》きか、悪くすれば所払いの沙汰《さた》になるかも知れないとも言い添えた。

繁治はどうぞ見逃しておくんなさいと岩蔵に平身低頭して謝った。佐賀屋から咎人を出したと噂《うわさ》が拡《ひろ》まれば、繁治も商売は続けられないだろう。あとはおふよ次第だと徳兵衛は思った。

岩蔵に頼まれて徳兵衛がおふよを迎えに行くと、おふよは気の抜けたような顔をして茶の間に座っていた。粂次郎はまだ戻っていないようだ。

「おふよ、親分がちょいと顔を出してくれと言っている。ご苦労だが自身番に来てくれないか」

徳兵衛がそう言うと、おふよは「ああ、わかった。あの友五郎という若いのは、まだ自身番にいるのかえ」と、低い声で訊いた。昨夜の騒ぎで眠られなかった様子である。目尻《めじり》の小皺《こじわ》がやけに目立った。

「いるよ。あいつの兄貴も本所から駆けつけて来たよ。友五郎は兄貴に殴られていた」

「そうかえ。可哀想に」

また可哀想に、だ。おふよは自分が迷惑を蒙《こうむ》ったことを忘れていると徳兵衛は思った。

「おふよ、事情はどうあれ、見ず知らずの家に忍び込み、金を奪ったのは罪になるんだよ。ここは余計なことは考えず、きっちり話をつけなければ道理が通らないよ」

徳兵衛は厳しい口調で言った。

「道理ねえ……徳さんは真面目だから」

おふよは皮肉なもの言いをして腰を上げた。

徳兵衛がおふよを伴って自身番へ着くと、友五郎は「おっ母さん！」と声を張り上げた。

「おっ母さんじゃねェ。世迷言《よまいごと》もたいがいにしろ」

繁治は拳骨《げんこつ》をくれて友五郎を制した。それからおふよへ向き直り「この度は弟がご迷惑をお掛け致しやした。平にご勘弁下せェ」と深々と頭を下げた。

「似ているかえ」

開口一番、おふよは繁治に訊いた。

「へ？」

繁治は呑み込めない顔で訊き返す。

「だから、あたしがあんた達のおっ母さんと似ているかどうかと訊いているんだよ」

「へ、へい……」

繁治は上目遣いでおふよを見ると「よく似ていまさァ。いや、元気な頃のお袋と瓜ふたつでさァ」と、しみじみとした口調で応えた。

「やっぱりそうなんだね。なら、友五郎ちゃんのやったことも無理はないよ」

「おふよ、何を言うんだ」

徳兵衛は声を荒らげた。

「徳さん、友五郎ちゃんの気持ちになってごらんよ。十歳《とお》やそこらで母親が死んでいるんだ。それからこの兄貴と父親に店の手伝いをさせられて来たんだよ。奉公人なら給金も出るだろうが、なまじ血を分けたきょうだいなものだから、兄貴は小遣いもろくに渡さなかった。てて親も今じゃ兄貴に、すっかり商売を任せているから余計なことは言えない。友五郎ちゃんは寂しさを堪《こら》えて今まで生きて来たんだよ」

「おっ母さん！」

友五郎は咽《むせ》び泣いた。繁治は反対に憮然として、そっぽを向いた。

「あたしと出くわして、友五郎ちゃんが死んだおっ母さんの生まれ変わりだと思ったのは、そんな寂しい気持ちのせいさ。普通なら心の中で思うだけだ。毎晩、こだるまに通ってくれたよね。あんた、あたしに会って嬉しかったかえ」

おふよは哀れな眼をして友五郎へ訊く。

「滅法界《めっぽうかい》もなく嬉しかった……」

友五郎は嗚咽《おえつ》を堪えて言う。

「そうかえ。それを聞いて、あたしも嬉しいよ」

「おふよさん。おふよさんもそれほど恨みに思っていねェなら、どうだろう、友五郎の気持ちに免じて許してやることはできねェだろうか」

岩蔵がようやく口を挟んだ。岩蔵は、できれば騒ぎを大きくしたくないと考えていたようだ。繁治は縋るようにおふよを見つめている。

「最初《はな》っから、そのつもりさ。友五郎ちゃんは何んにもしちゃいないよ」

おふよがそう言った途端、書き付けをしていた富蔵が、思わず筆を取り落とした。おふよがそんなことを言うとは思ってもいなかったらしい。筆はころころと転がり、おふよの膝《ひざ》の前で止まった。

「何もしていないたって……」

徳兵衛は独り言のように呟いた。このまま解き放しても、友五郎はまたおふよの周りをうろつくだろう。徳兵衛はそれを心配していた。おふよは筆を取り上げると、にいッと笑って富蔵に渡した。

「おかみさん、友が無心した金は手前がお返し致しやす」

繁治は畏《かしこ》まって言った。

「兄さん、あたしの話を聞いていなかったのかえ。友五郎ちゃんは何もしちゃいないのだよ」

おふよは醒《さ》めた眼をして繁治を見る。

「ですが、おかみさんは金を出しておりやす」

「あれはねえ、あたしが友五郎ちゃんにあげたんだよ。小遣いがないって言うからさ」

「おふよ、本当にそれでいいのかい」

徳兵衛は念を押す。

「ああ、いいとも。それより、これからどうするのか、あたしゃ、兄さんに訊きたいのさ」

おふよの言葉に繁治は怪訝《けげん》な顔をした。

「どうするとは、どういうことでござんしょう」

「このまま友五郎ちゃんに店の手伝いをさせて、いずれ暖簾《のれんわ》分けでもしてやるのかえ」

おふよはいつもの調子を取り戻して、ずけずけと言った。途端、繁治は「おかみさん、うちは食べるだけのかつかつの暮らしをしておりやす。親父は年だし、あっしには嬶《かか》アと、まだ小せェ餓鬼がおりやす。暖簾分けなんざ、できない相談ですぜ。大店でもあるまいし」と、慌てて言った。

「そうだってさ。友五郎ちゃん、只働《ただばたら》きしてもお先真っ暗だよ」

「おかみさん、お言葉ですが、友にはちゃんと三度のめしは喰わせておりやす。只働きだなどと外聞《がいぶん》の悪りィ」

繁治は、むっとして口を返した。

「三度のめしを喰わせているから、それでいいと思っているのかえ。弟の将来のことも考えてやるのが兄貴だろうが。友五郎ちゃんは二十歳だ。もう二、三年もしたら嫁を持つ年頃だ。あんた、そんなことは何も考えていないじゃないか。それでも兄貴かえ」

おふよの啖呵に繁治は何も応えられず唇を嚙んで俯《うつむ》いた。

友五郎も俯いている。

「友五郎ちゃん、うちの子におなりよ。それでうちの人の跡を継いでおくれ。うちの人はねえ、指物師《さしものし》なんだよ。倅が二人いるけど、二人とも親の商売を嫌って呉服屋の奉公人になってしまったのさ。うちの人の技《わざ》を継ぐ者がいないんだよ。なあに、今から修業すれば十年後には立派な職人だ。どうだえ」

「おかみさん、勝手なことを言わねェで下せェ。うちも友がいなけりゃ困りやす」

繁治は慌てて口を返した。

「都合よく使う魂胆ばかりするんじゃないよ。どうするもこうするも友五郎ちゃん次第だ。そうだろ？」

「おっ母さん、おいらに指物師の修業をさせてくれ」

友五郎は甲高い声を上げた。

「こいつ」

繁治が腹立ち紛れに拳《こぶし》を振り上げた時、油障子の外から声が聞こえた。

「親分、粂次郎です。うちの嬶ァがこちらにいると聞いたもんで……」

「お前さん！」

おふよは嬉しそうに油障子を開けた。

「お前さん、喜んでおくれ。お前さんの弟子ができたよ」

おふよは弾んだ声で続けた。

「弟子ィ？」

粂次郎は訳がわからず素《す》っ頓狂《とんきょう》な声を上げた。頭がこんがらがった徳兵衛は月代《さかやき》の辺りをがりがりと掻《か》いた。すると繁治も舌打ちをしながら同じような仕種をするのだった。

しかし、友五郎は粂次郎の弟子にはならなかった。本所に戻った友五郎は父親を交えて、この度のことを話し合ったらしい。

父親は友五郎を不憫《ふびん》に思い、これからは友五郎に決まったものを渡してくれと繁治に言ったそうだ。繁治も友五郎がいなくなれば商売に不足を覚えるので、渋々、承知したようだ。

六

おふよは、結構その気になっていたので、粂次郎の弟子の話がふいになると、また落ち込んでしまった。

そんな折、野良猫《のらねこ》のまだらの姿が見えなくなった。黒と白のまだらの模様をしていた猫だったので、近所の人間がまだらと名づけていた雌猫である。にゃんにゃん横丁の野良猫は、このまだらと関わりのある猫が少なくなかった。泰蔵の飼っているるりも、まだらが母親である。おふよの所の猫はまだらのきょうだい猫だし、岩蔵の家の猫もまだらの生んだのが混じっていた。

まだらの面倒を一番見ていたおつがは、毎日「まだら、まだら」と気がふれたように泣きながら町内を探し回っていた。

「やっぱりまだらは死んだのかねえ」

富蔵はしんみりして徳兵衛に言う。

夜のこだるまは珍しく川並鳶達の姿もなく、飯台前の床几には徳兵衛と富蔵、それに喜兵衛店の彦右衛門が座っているだけだった。

「猫は死にざまを晒《さら》さないということだから、手前ェの死期を悟って、黙って身を隠したんだろうよ」

彦右衛門はゆっくりと猪口《ちょこ》を口へ運びながら口を挟んだ。

「近くをちょろちょろしている分には何んとも思わなかったが、いなくなると人でも猫でも寂しいものだねえ」

徳兵衛はしみじみと言う。

「しかし、おつがさんという人は、よほどの猫好きなんだね。わしはあれほど猫に肩入れした人を見たことがないよ」

彦右衛門は感心した顔になった。

「おっしょさんにとっちゃ、猫も人も同じなんですよ、大旦那」

おふよは彦右衛門に酌をしながら言う。外は雨になったようだ。しとしとと音がしている。

帰りは傘を借りなければならないだろうと徳兵衛は思った。

「おつがさん、今夜も泣きながら寝るんだろうなあ」

富蔵は気の毒そうに言う。

「慰めておやりよ、富さん」

おふよは悪戯《いたずら》っぽい顔をした。富蔵は慌てて顔の前で掌《て》を振った。

「とんでもねェ。この年で色恋沙汰はごめんだよ」

「誰が富さんに乙な気持ちになるって。うぬぼれもいい加減におし」

おふよが小意地悪く吐き捨てると、彦右衛門が愉快そうに笑った。

「大旦那、笑い過ぎ」

富蔵はむっとして彦右衛門を制した。

「ところで、おふよさんの所に忍び込んだ若い衆は、その後、どうなったかね」

彦右衛門は、ふと思い出したように言う。

徳兵衛は顔をしかめた。せっかくおふよが忘れ掛けているのに、また蒸し返すのか
という気持ちだった。

「ええ、お蔭様で。以前のように家の商売を手伝っている様子ですよ。この前、炭を

注文したら、張り切って届けてくれましたよ。相変わらずあたしのことをおっ母さんって呼ぶんですよ」

おふよは笑顔でそう言ったが、その後でそっと眼を拭った。

「よその倅にまでおっ母さんと呼ばれるなんざ、おふよさんも果報者だ」

彦右衛門は大袈裟なほどおふよを持ち上げる。おふよの顔は切なそうに歪《ゆが》んだ。

「泣かせないでよ、大旦那」

おふよは涙声で言った。

「いや、悪かった。そんなつもりはなかったんだが」

取り繕うように応えた彦右衛門は、猪口の酒を啜り「今夜は、めしはいいよ。帰って寝るよ。何んだか妙に疲れてね」と言って腰を上げた。

「大旦那、雨が降ってますよ。傘をお持ちなさいましな」

おふよは慌てて飯台の中から出た。

「いや、すぐそこだからいいよ」

「風邪を引いちまいますよ」

「大丈夫だよ」

彦右衛門はいなすように応えると、羽織を頭から被《かぶ》って出て行った。存外に身のこなしが若く見えた。

「さて、そろそろわし等も引けるか」

彦右衛門が帰って小半刻《こはんとき》（約三十分）ほど経つと、徳兵衛はそう言って懐の紙入れを取り出した。富蔵も肯いて懐を探る。二人なかよく四十八文ずつだ。おふよは飲み代を受け取ると、銭箱に放り入れ「じゃあ、あたしも一緒に帰ろ」と、前垂れを外した。それから「親方、あたし、これで引けますよ」と、内所（経営者の居室）へ声を掛ける。

「あい、ご苦労さん」

呑気な返答があった。

三人が外に出ると雨は上がっていた。

「大旦那、もう少し待っていれば濡《ぬ》れることもなかったのによ」

富蔵は彦右衛門を慮って言うと「そいじゃ、お休み」と、喜兵衛店とは反対方向の道を帰って行った。東平野町に家がある富蔵はその方が近道である。徳兵衛は喜兵衛店の門口の鍵を掛ける仕事が残っていたので、富蔵とは店前で別れ、おふよと一緒に喜兵衛店に歩みを進めた。

「おや」

おつがの家の前を通り掛かった時、おふよの足が唐突に止まった。

「どうしたね」

「徳さん、見て」

おふよは横丁の地面を促す。近頃老眼の気味のある徳兵衛は、そう言われてもすぐには気づかなかった。

「猫達がちょこんと座っているよ。あれ、あっちにも、こっちにも」

おふよは怪訝そうに続ける。徳兵衛が眼を凝らすと、なるほど猫達が路地の左右に等間隔で座っていた。

「どういうことだろう。猫の寄合でもあるのだろうか」

呑気な徳兵衛のもの言いに、おふよは苦笑した。だが、しばらくすると徳兵衛は猫達が皆、おつがの家を向いているような気がした。

「るりもいるよ。あれ、うちのたまも」

おふよは驚いて徳兵衛の着物の袖を引っ張った。

「こんなのは初めて見るよ。何んだか気味が悪いねえ」

徳兵衛は首の辺りがぞくりとした。二人が傍を通っても猫達は身じろぎもしない。

「徳さん、おっしょさんに何かあったのじゃないかえ」

おふよは、ふと思いついたように言った。

「まさか……」

そう言ったが、徳兵衛も妙な胸騒ぎを覚えた。

「おっしょさん、おっしょさん」

おつがの家の前で声を掛けたが返事はなかった。雨戸を閉《た》てていたので、とうに寝ているのかも知れなかったが、その時は取り越し苦労だとも思えなかった。

「徳さん、親分を呼んで来ておくれでないか。あたしゃ、何んだか心配で」

おふよは早口に言った。

「わかった」

徳兵衛は急いで自身番へ向かった。にゃんにゃん横丁を抜けて、徳兵衛はさらに驚いた。

表通りにも猫達が同じ仕種で座っていたのだ。何十匹いるのか見当もつかない。町内の猫が一斉に出てきたようだ。

「親分、親分、ちょいとおかしなことになっていますよ」

徳兵衛は心ノ臓をどきどきさせながら言った。

「どうしたい、大家さん、こんな夜中に」

油障子ががらりと開いて、岩蔵の眠そうな顔が現れた。

「とにかく、外へ出て下さいよ、外！」

最後は怒鳴るように徳兵衛は言った。

外へ顔を出した岩蔵は辺りを見回し、すぐに異変を察したようだ。

「こいつァ……」

呟いたきり岩蔵は言葉に窮した。眠気もいっぺんに覚めたらしい。

「おつがさんのことが気になるんですよ」

徳兵衛はそれが肝腎とばかり言った。

「わかった。おつがさんは、とにかく猫の面倒見のいい人だ。猫どもは恩を感じてもいるだろう。もしかして、おつがさんに何かあったのかも知れねェ」

「親分、脅かさないで下さいよ」

徳兵衛は岩蔵を制した。

「そ、そうだな。考え過ぎだな」

岩蔵は取り繕うように言うと、おつがの家へ小走りに向かった。徳兵衛も後に続く。

雨上がりの通りは猫の臭《にお》いがこもっていた。

岩蔵が雨戸をこじ開け、中へ入ると、おつがはまだらを胸に抱えて息絶えていた。まだらもおつがの腕の中で動かなかった。おつがは、ようやくまだらを見つけると、それまでの疲れが一度に出て、そんな仕儀となってしまったのだろう。

おふよは泣きながらおつがの亡骸《なきがら》を蒲団に寝かせ、傍につき添った。親戚と世話になっていた旦那に知らせるのは夜が明けてからだろう。

悔やみの客が訪れることを考え、徳兵衛は茶の間と奥の間の襖《ふすま》を取り払った。隣家の住人も物音に気づき、ひとり、ふたりと訪れる。おふよの亭主の粂次郎も顔を出した。

段取りを調えて、ひとまず家に帰る頃、早や夜明けが迫っていた。

朝陽がにゃんにゃん横丁に射《さ》し込む。猫達は相変わらず身じろぎもせずに座っている。

猫の背中は陽射しを受けて金色に光っていた。

「ここは、紛れもなくにゃんにゃん横丁だったよ。そう思わねェか、大家さん」

岩蔵はしみじみとした口調で言う。

「そうですね。こんなに猫がいたんですね。いや、壮観ですよ」

「猫どもにとっちゃ、おつがさんは、まるで神さんのような人だったのよ。あの人に命を助けられた猫は数え切れねェ。きっと、あの世じゃ先に死んだ猫どもがおつがさんを優しく迎えてくれることだろうよ」

「あやかりたいものですよ」

「だな」

「親分、ひと眠りしたらどうですか。今日もこれから忙しくなりそうですから」

「ああ。自身番で少し横になるわ。大家さんも寝た方がいいぜ」

「ありがとうございます。ですが、これから弁天湯に行って酒っ気《け》を抜くつもりですよ。酒臭い息で弔《とむら》いの手伝いもできませんから」

「大家さんは元気だなあ。身体《からだ》に気をつけてくれよ。何しろ年だから」

「親分、年だからは余計ですよ」

徳兵衛は悪戯っぽい眼で岩蔵を睨《にら》んだ。

弁天湯の口開けには、少し間があった。徳兵衛は両手を後ろに回して、ゆっくりと通りを歩いた。通りの両脇《りょうわき》に座っている猫達が顔を上げて徳兵衛を見る。

「ご苦労さん」

徳兵衛は気軽な言葉を掛けた。その中の一匹が「にゃあ」と鳴き声を立てた。徳兵衛には、それが「いや、なに」と謙遜《けんそん》するように聞こえた。

弔いのある朝だというのに、徳兵衛は妙に清々《すがすが》しい気持ちがしていた。こうして猫達に囲まれて、いつか自分も一生を終えるのだ。

それも悪くない。徳兵衛はそう思いながら弁天湯の表戸が開くのを静かに待っていた。

解説

木村行伸

深川・浄心寺《じょうしんじ》の東にある町人地・山本町は、海辺《うみべ》新田を間にして北と南に分かれている。この山本町と浄心寺、それに南側にある東平野町に囲まれて建っているのが秋田安房守《あわのかみ》の下屋敷だ。屋敷の関係者は主に海辺新田の小路を使っているが、一方で町内の住人達は、普段、山本町と東平野町の間についている一間足らずの狭い小路を利用している。猫の通り道にもなっているこの小路は、いつの頃からか住人達に「にゃんにゃん横丁」と呼ばれるようになっていた。近くの木場（木材を蓄えた場所）で仕事唄《うた》をうたいながら働く川並鳶《かわなみとび》の姿が毎日のように見られるこの地が、本書『深川にゃんにゃん横丁』の舞台である。ちなみに、嘉永《かえい》三年版の「切絵図」（近江屋板）によると、山本町、東平野町などは確認できるが、「にゃんにゃん横丁」と呼ばれる小路は、どうやら作者、宇江佐真理の創造であると思われる。

全六編の連作を牽引《けんいん》するのは、東平野町の自身番（通称「にゃんにゃん横丁」の自身番）に詰めている、山本町にある裏店「喜兵衛店《きへえだな》」の大家・徳兵衛《とくべえ》と、書役《かきやく》の富蔵《とみぞう》、土地の岡っ引きの岩蔵《いわぞう》、そして町内のご意見番で世話焼きな喜兵衛店の店子、夜は一《いち》膳《ぜん》めし屋「こだるま」で働くおふよである。また、横丁に徘徊《はいかい》し、或いは飼育されて、そこに共生している猫たちも重要な場面で登場している。

本編で特徴的なのは、様々な問題解決に乗り出すおふよらの年齢である。大家の徳兵衛は、五十歳で佐賀《さが》町の干鰯問屋《ほしかといや》の番頭を退き、ようやく隠遁《いんとん》生活をおくろうとしていた矢先に指物師《さしものし》の女房おふよに説得されて、蛤《はまぐり》町で呉服屋を営む増田屋《ますだや》喜兵衛から裏店の管理を任されることになった。この徳兵衛と、富蔵、おふよの三人は、幼馴染《なじみ》でともに五十五歳に設定されている。また岡っ引きの岩蔵は四十五歳。「恩返し」から登場するにゃんにゃん横丁の住人で、富本節の女師匠、最近は得意の人相見を生業にしている無類の猫好きのおつがは、とうに四十歳を過ぎているという。また「香箱を作る」から登場する老舗《しにせ》の薬種屋「五十鈴屋《いすずや》」の元主で、喜兵衛店を隠居所に選んだ五十鈴屋彦右衛門《ひこえもん》は五十四歳。現代から見ても立派な高年齢者（「高年齢者雇用安定法」においては五十五歳以上の者をいう）たちが、裏店に住む人々のために奔走するのだ。

作者は、近年、デビュー作の「幻の声」から続くライフ・ワーク的作品「髪結い伊三次捕物余話シリーズ」の九作目『今日を刻む時計』や、「泣きの銀次シリーズ」の三作目『虚《うつ》ろ舟』などでも主要人物に相応の年齢を重ねさせており、一層人間味のある物語世界の構築に成功している。こうした作風の変化のなかでも、とくに本書は、高年齢者が生き生きと江戸の町で活躍しているのである。その断片を掲載順に紹介すると。

「ちゃん」では、三好《みよし》町の材木問屋「相模屋《さがみや》」に手代として勤めている泰蔵《たいぞう》が、別れた女房との間にできた娘と偶然に再会。遊びに連れて行くが、これをかどわかしと勘違いされ海辺大工町の岡っ引きに捕まってしまう。店子の窮地に、徳兵衛とおふよは急いで駆けつける。事情をよく調べない岡っ引きに対し、おふよは「あんたの親父《おやじ》さんが十手持ちだった頃は、もっと親身に縄張り内のことを考えていたよ」「年寄りを馬鹿《ばか》にするもんじゃないよ。すぐに手前ェの身に返ってくるのさ。あたしの言葉をよおく覚えておきな」と啖呵《たんか》まできってみせる。「恩返し」では、母親のいない家庭で育ち、荒んでいた少年音吉《おときち》が、おふよの夫条次郎《くめじろう》をはじめ裏店の大人達に励まされて子供相撲《すもう》に参加。これを契機にほんの少しだけ成長する。「菩薩《ぼさつ》」は、徳兵衛たちよりも若くして亡《な》くなる者の姿を通して、限りある命の大切さを伝えている。また「にゃんにゃん横丁」の名物猫まだらが、弥勒《みろく》菩薩の使いとなって徳兵衛の夢に登場。猫と人間との不思議な関係性をユーモラスに演出している。「雀《すずめ》、蛤になる」では、おふよらは、恋に迷う若者たちの生き様を静観する。これによって、世代で異なる青春との距離感を巧みに表現しているのである。「香箱を作る」では、材木仲買の店「信州屋」に勤める大工の源五郎《げんごろう》の次男・佐源次《さげんじ》が、儒者・竹原瑞賢《たけはらずいけん》に弟子入りする。しかし、瑞賢から信州屋の土地買収の交渉を頼まれた佐源次は、悩んだ末、師のもとを去ることになる。このこじれた師弟関係の修復に、五十鈴屋彦右衛門とおふよたちが乗り出してくる。見所は、佐源次と実娘瑞江《みずえ》との恋愛を認めぬ瑞賢に対し、おふよが説教する場面であろう。まさに痛快の一語に尽きる。「そんな仕儀」では、幼い頃に母を亡くし、心に傷を負った本所の炭屋「佐賀屋《さがや》」の友五郎《ともごろう》が、おふよの行動力によって救われ、人生を取り戻していく。等々、本書では、夫婦の問題や色恋など、どれも日常にありふれたトラブルが主題となっている。だが、ちょっとした感情のすれ違いで拗《こじ》れてしまい大事《おおごと》になろうとするそれを、徳兵衛やおふよたちが先達の知恵と度胸で正しい方向へと持ち直していくのだ。

そんな日々のなかで、ひととき読者の心を和ませてくれる場面もある。おふよと粂次郎夫婦の長男・良吉《りょうきち》が、奉公する上方の呉服屋から里帰りをし、娘のおさちを数日両親に預ける件《くだり》である。おふよと粂次郎が孫を心の底から愛《いと》しむ姿を見て、徳兵衛はしみじみと実感する。「大切な命は親から子へ、そして孫へと引き継がれる。徳兵衛にも孫はいるが、暮らしを一緒にしていると、さほど血の繫《つな》がりのことは意識しない。むろん、孫は可愛《かわい》い。それは息子や娘とは別の感情に思える。子育てに奔走していた頃は、とにかく子供達の口を養い、着る物の用意、手習所《てならいどころ》へ通わせるための工面などで頭がいっぱいだった。しみじみ可愛いと思う余裕もなかった。ところが孫は手放しで情を掛けられる」と。

そして、こうした幼き者への情愛については、作者はエッセイ「子供をかわいがる」(『ウエザ・リポート　笑顔千両』所収)のなかでも詳しく述べているのだ。本来ならば全文を掲載すべきなのだが、都合によりその一部を紹介させていただく。「江戸時代、日本人は世界で一番子供をかわいがると言われた民族だった。子供の遊びに一緒になって付き合った。祖父母も孫の養育には一役買っていた。(中略)命の尊さを語る時、両親よりも祖父母の言葉が温かく聞こえる。また、近所の人々の声掛けも効果がある。両親のみならず、誰からもかわいがられていると自覚した時、子供は自然によい方向に進むと思うのだが、それは甘い考えだろうか」と記しているのである。

親が子を、祖父母が孫を、そして大人が子供を、慈《いつく》しみ育てる。当たり前のことのようで、実はそれが当たり前ではなくなっているのが現代なのかもしれない。今日、我々は、核家族化、無縁社会の問題、虐待、家庭内暴力等々、様々な場所で悲しい現実に直面、あるいは耳にしている。

本来、人類は成長の過程のなかで言葉を遣うことを覚え、それぞれの地域で婚姻関係を結んで発展し、経済人類学的な模索のなかで社会、集団を形成していったと考えられている。この国においては、まさしく江戸の日本的な位階制（身分や武士の階級性等）と、集団構造（「家」や「血族」のつながり。また「裏店」のような特殊な関係性にも注目しておきたい）という歴史を基盤にして、現代の社会が構成されたのである。畢竟《ひっきょう》、先に抜粋した江戸の人々の「子供をかわいがる」精神も、私たちの記憶の底に残されていてもおかしくはないのではなかろうか。作者は物語を通じて、その本能を現代の人々に甦《よみが》えらせようとしているように思われるのである。

このような高齢者と子育てという、今日にも通じるテーマを目にしたとき、ふと気になって現代の「高齢化現象」について調べてみた。

内閣府「高齢社会対策」のホームページ（http://www8.cao.go.jp/kourei/index.html）にある「平成22年版高齢社会白書　第1章高齢化の状況」を開くと、「現役世代1・3人で1人の高齢者を支える社会の到来／平成21（2009）年は、高齢者1人に対して現役世代（15～64歳）2・8人／平成67（2055）年には、高齢者1人に対して現役世代（15〜64歳）1・3人」や、「我が国は世界のどの国も経験したことのない高齢社会となる／21世紀初頭には最も高い水準となり、世界のどの国もこれまで経験したことのない高齢社会になると見込まれている」などといった厳しい予測が提示されていた。

だが、同ホームページには「平成22年度　エイジレス・ライフ実践者及び社会参加活動事例の募集」という項目もあった。ここに記された説明には、「内閣府ではエイジレス・ライフ（年齢にとらわれず自らの責任と能力において自由で生き生きとした生活を送る）を実践している高齢者、地域で社会参加活動を積極的に行っている高齢者のグループを広く紹介し、既に高齢期を迎え、又はこれから迎えようとする世代の高齢期におけるライフスタイルの参考としてもらうために、これら活動事例の募集を行っています」とあった。そして、別ページには、これに応募した人々や、社会事業が紹介されていたのである。時間の関係上、筆者自身で確認がとれなかったため、残念ながらここでは具体的な内容を記すのは割愛させていただく。しかし、そこにはまぎれもなく現代の徳兵衛、富蔵、おふよ、彦右衛門らを彷彿《ほうふつ》とさせる人々の活動が掲載されていたのだ。

本書と、また諸々の情報に接することで、高齢化問題とはただ恐れるのではなく、長い歴史のなかから生じた現象の一つとして受け止めるべきものなのだと理解されよう。そして、この現実をどう未来へ活かすべきなのか、そうした意識を持つことこそが必要なのではないだろうか。

この物語は、猫を可愛がっていたおつがの死と、彼女を弔う「にゃんにゃん横丁」の猫達の姿を、清清《すがすが》しく感動的に描いて幕となっている。実はここにも、現代に繋がる一つのテーマが投影されているような気がしてならないのだ。

猫とは、『枕草子』や『源氏物語』にも登場する人間と関わりの深い生き物である。そして現代では、ペットとして家族同然の付き合いをしている者も多い。実際、今日人類は、猫に限らず様々な動物たちを、かけがえのない人生のパートナーとして受け入れ、新たなライフスタイルを生み出していると言っても良いだろう。最近では、家族同様に扱われる動物たちを称して「コンパニオン・アニマル（伴侶《はんりょ》動物）」という呼称も使われているようである。

そして本書には、こうした現実と物語が結びつく、非常に印象的な言葉があるのだ。眼病を患《わずら》っていた雌の白猫を岡っ引きの岩蔵が治療してやると、徳兵衛は、雌だから仔《こ》を産むのではないかと危惧《きぐ》する。それに対し岩蔵は、「大家さん。何を気に病むことがある。人も畜生も生まれては死ぬを繰り返すもんだ。それが天然自然の理《ことわり》よ。白が仔を産まなくても、よその猫は産むわな。問題はよう、生きてる間、とにかく達者に暮らしてほしいということだ。だろ？　及ばずながらこの岩蔵、手前ェのできることはするぜ」と豪気に言い放つ。

この、すべての生き物の生と死という「天然自然の理」を、心に深く受け止めた上でもう一度岩蔵の言葉に耳を傾けてほしい。そこには、未来へと向かう我々は、決して孤独なのではないという生きる縁《よすが》が語られているように思われるのである。

（平成二十三年一月、文芸評論家）

この作品は平成二十年九月新潮社より刊行された。

宇江佐真理著

春風ぞ吹く
―代書屋五郎太参る―

25歳、無役。目標・学問吟味突破、御番入り――。いまいち野心に欠けるが、いい奴な五郎太の恋と学問の行方。情味溢れ、爽やかな連作集。

宇江佐真理著

深尾くれない

短軀ゆえに剣の道に邁進し、雖井蛙流を起こした鳥取藩士・深尾角馬。紅牡丹を愛した孤独な剣客の凄絶な最期までを描いた時代長編。

宇江佐真理著

無事、これ名馬

「頭、拙者を男にして下さい」臆病が悩みの武家の息子が、火消しの頭に弟子入り志願するが……。少年の成長を描く傑作時代小説。

宇江佐真理著

おうねえすてぃ

英語通詞を目指す男と、彼に心を残しつつ米国人に嫁いだ幼馴染の女。文明開化に沸く混迷の明治初期を舞台に、一途な恋模様を描く。

諸田玲子著

お鳥見女房

幕府の密偵お鳥見役の留守宅を切り盛りする女房・珠世。そのやわらかな笑顔と大家族の情愛にこころ安らぐ、人気シリーズ第一作。

諸田玲子著

蛍の行方 お鳥見女房

お鳥見一家の哀歓を四季の移ろいとともに描く連作短編。珠世の情愛と機転に、心がじんわり熱くなる清爽人情話、シリーズ第二弾。

新潮文庫最新刊

川上弘美著
ざらざら
不倫、年の差、異性同性その間。いろんな人に訪れて、軽く無茶をさせ消える恋の不思議。おかしみと愛おしさあふれる絶品短編23。

三浦しをん著
きみはポラリス
すべての恋愛は、普通じゃない――誰かを強く大切に思うとき放たれる、宇宙にただひとつの特別な光。最強の恋愛小説短編集。

島本理生著
あなたの呼吸が止まるまで
十二歳の朔は、舞踏家の父と二人暮らし。平穏な彼女の日常をある出来事が襲う――。大人へ近づく少女の心の動きを繊細に描く物語。

小澤征良著
しずかの朝
恋人も仕事も失った25歳のしずか。横浜の洋館に暮らす老婦人ターニャとの出会いが、彼女を変えていく――。優しい再生の物語。

唯川恵著
いっそ悪女で生きてみる
欲しいものは必ず手に入れる。この世で一番好きなのは自分自身。そんな女を目指してみませんか？　恋愛に活かせる悪女入門。

平松洋子著
おとなの味
泣ける味、待つ味、消える味。四季の移り変わりと人との出会いの中、新しい味覚に出会う瞬間を美しい言葉で綴る、至福の味わい帖。

新潮文庫最新刊

橋本治著
小林秀雄の恵み
小林秀雄が読まれたあの頃、日本人の思考はどんな形だったのだろう。かつてなく柔らかくかつ精緻に迫る大作『本居宣長』の最深層。

小川洋子
河合隼雄著
生きるとは、自分の物語をつくること
『博士の愛した数式』の主人公たちのように、臨床心理学者と作家に「魂のルート」が開かれた。奇跡のように実現した、最後の対話。

新井敏記著
SWITCH STORIES
—彼らがいた場所—
雑誌「SWITCH」に掲載されたインタビューを厳選収録。役者、演出家、漫画家——。冒険者たちの言葉が紡ぐ、たった一つの物語。

飯島寛子著
Life パパは心の中にいる
世界的ウィンドサーファー飯島夏樹が天に召されて二年半。ハワイで4人の子供と暮らす妻が綴る、明るく時に切ない子育て奮闘記。

高橋政巳
伊東ひとみ著
漢字の気持ち
名前の漢字の由来を知っていますか？　語源をたどり、古代漢字に映し出された人々の心を「書」の形で明らかにした書下ろし文庫。

丸谷才一著
完本　日本語のために
子供に詩を作らせるな。読書感想文は書かせるな。ローマ字よりも漢字を。古典を読ませよう——いまこそ読みたい決定版日本語論！

深川《ふかがわ》にゃんにゃん横丁《よこちよう》

新潮文庫　う－14－5

平成二十三年三月一日発行

著者　宇《う》江《え》佐《ざ》真《ま》理《り》

発行者　佐藤隆信

発行所　株式会社 新潮社

郵便番号　一六二―八七一一
東京都新宿区矢来町七一
電話 編集部(〇三)三二六六―五四四〇
読者係(〇三)三二六六―五一一一
http://www.shinchosha.co.jp

価格はカバーに表示してあります。

乱丁・落丁本は、ご面倒ですが小社読者係宛ご送付ください。送料小社負担にてお取替えいたします。

印刷・大日本印刷株式会社　製本・憲専堂製本株式会社

ISBN978-4-10-119925-2　C0193